HAYMON verlag

Robert Schindel

Dunkelstein

Eine Realfarce

Gedruckt mit freundlicher Unterstützung
des Amtes der Oberösterreichischen Landesregierung.

HAYMON verlag
Innsbruck-Wien
www.haymonverlag.at

ISBN 978-3-85218-645-0

Umschlag- und Buchgestaltung:
Kurt Höretzeder, Büro für Grafische Gestaltung, Scheffau/Tirol
Mitarbeit: Ines Graus
Coverfoto: Deutsches Bundesarchiv

Gedruckt auf umweltfreundlichem,
chlor- und säurefrei gebleichtem Papier.

Für Christa Prokisch

In Memoriam
Franziska Löw-Danneberg
Mignon Langnas
die mir 1944–1945 das Leben gerettet haben

Dank an Doron Rabinovici
für Rat und Tat

Personen

Saul Dunkelstein
Viktor Leonhardt, Amtsdirektor
Isidor Winter
Adele, seine Frau
Nathan, sein Sohn
Gisa, seine Tochter
Der alte Schwarz
Theres, seine Tochter
Vater Klang
Willy Klang, sein Sohn
Der junge Willy Klang
Esther Rebenwurzel
Edith Gold
Schorschi Rosenbluth
Blum, Inseratenhändler
Moritz Singer
Alfred Polgar
Egon Friedell
Neugröschl
Ober im Kaffeehaus Neugröschl
Karl Kalterer, Kriminalkommissar
Reinhold Linde, Sturmbannführer
Brauner, Hauptsturmführer
Aumann, Leiter für Judenangelegenheiten

Portier, Hausherr, Junger Bursch, Jüdische Frau, Junges Mädchen, Junger Bridgepartner, Erster Kiebitz, Zweiter Kiebitz, Der Herr, SS-Wache, Gestapobeamter

Raffi
Alter Häftling
Junger Häftling
Aufnahmeleiter
Ein Häftling, Regieassistent, Rotarmist

Prolog

Dunkle Bühne. Ouvertüre.

1.

Dunkelstein: *(in einem Sessel, zum Publikum)* Ich bin Saul Dunkelstein, Rabbiner, Funktionär. In mir sehen Sie den Letzten der Ungerechten, ich bin der Übriggebliebene, auf den euer Hass geht. Und das ist die Geschichte:

Dunkel.

2.

Um einen Holztisch sitzen Männer in KZ-Kluft mit gelben Winkeln über dem Herzen. Es sind Willy Klang, der Israeli Raffi, ein alter Häftling, ein junger Häftling. Sie sind Komparsen eines Films: UND GOTT SCHAUT WEG, gedreht von der amerikaischen Produktionsfirma GLOBUS. Sie befinden sich im Warteraum und harren des nächsten Drehs.

Raffi: … sag ich euch, versteht ihr, sag ich euch, wie sag ich, dass ihr versteht: Nie würde ich in die Gaskammer marschiert sein. Niemals.

Willy Klang: Für dich besteht also die Möglichkeit, dich schon davor in Luft aufzulösen.

Raffi: Ich geh mit einer Kugel, versteht ihr. Mit einer Kugel in meiner Pistol. Sechs Kugeln in der Pistol. Fünf nehm ich mit, die sechste für mich. Vor der Gaskammer. Als Fanal.

Alter Häftling: A Makkabäer. A Held.

Junger Häftling: Yeah. So hätten wir es damals alle tun sollen. Nicht mir nichts, dir nichts …

Alter Häftling: Mir nichts, dir nichts?

Junger Häftling: Also so ohneweiters ...

Alter Häftling: Ohneweiters?

Willy Klang: Wie die Lämmer zur Schlachtbank.

Raffi: Genau so. Ohneweiters und mir nichts, dir nichts sind wir wie die Schafe zur Schlachtung marschiert. Im Gänsemarsch. Kein Kampf. Ein ganzes Volk ohne Kampf. Ich bin Israeli. Hör zu. Wozu bin ich Israeli? Ich schäme mich.

Alter Häftling: Aha. Er schämt sich. Er schämt sich für sein ganzes Volk.

Raffi: Für jene, jawoll, dafür schäme ich mich. Nicht ich allein. In Israel sagen das die meisten: Nicht so, wie jene damals. Mit einer Kugel, baffbaff. Erst die SS, dann wir.

Junger Häftling: *(zu Willy Klang)* Was sagst 'n du, Willy? Du warst doch damals dabei. Die ganze Zeit.

Aufnahmeleiter kommt herein.

Aufnahmeleiter: Achtung! Fertig machen zum Todesappell! Zehn Minuten. *(Ab.)*

Willy Klang: Sofort. *(Zu Raffi:)* Wenn das Ziel deiner Feinde nicht Unterdrückung ist, sondern Vernichtung, physische Vernichtung, dann ist bereits Überleben Widerstand.

Raffi: Ach was.

Alter Häftling: Du weißt genau, wie das war, damals.

Raffi: Und wie ich das weiß. Ihr selbst habt euch noch auf die Deportationslisten geschrieben. Ein Jud hat den andern ins Gas geschickt. *(Pause.)* Meine Generation wäre in die Wälder gegangen.

Alter Häftling: In den Wienerwald.

Raffi: Egal. In die Wälder.

Willy Klang: Damals hat, das weißt du ja, denn du weißt ja alles, der Wienerwald zum deutschen Wald gehört. Dort hast du blaue Blumen suchen können, aber keine Verstecke finden. Jede Fichte, jede Buche – von Eichen nicht zu reden – hätte alle Verstecke an die Försterei verraten.

Raffi: Blödsinn. *(Er zündet sich eine Zigarette an.)* Du, Herr Klang. Hast du nicht auch mitgeholfen?

Alter Häftling: Jetztn ists aber genug. Ihn hätte ich sehen wollen am Morzinplatz bei der Gestapo, wenn der Kalterer oder der Brauner begonnen hätte, sich mit dir zu unterhalten. Wie ein Wickelkind hättest geschrien ...

Raffi: Möglich. Doch so weit wärs gar nicht gekommen. Ich hätt die Pistol immer bei mir gehabt.

Alter Häftling: Freilich, bei jeder Razzia als Ausweis ...

Raffi: Ich hab gegen die Araber gekämpft. Was willst du mir erzählen?

Willy Klang: Mit Gewehren und Panzern?

Raffi: Sicher. Aber ich hätt mit allem gekämpft. Auch mit der Steinschleuder.

Willy Klang: Unser Gewehr war ein gutes Versteck. Unser Panzer ein Affidavit, unsere Stalinorgel ein Einreisevisum nach Amerika. Und unsere Steinschleuder war die Güte eines Gestapobeamten, eines SS-Mannes, eines Wehrmachtsoffiziers.

Raffi: Und die Handgranate war der Verrat der eigenen Leut.

Alter Häftling: *(brüllt)* Bist du verrückt? Scheißt du auf uns? Scheißt ihr auf uns? Ich war in Ebensee, hörst du, Ebensee. Du Grünschnabel. Keine Ahnung hast du. Ihr alle nicht. Ihr Superzionisten. Auf unsren Knochen habt ihr euer Landel errichtet. Jetzt scheißt ihr auf uns? Bist du völlig verrückt geworden?

Raffi: Niemand scheißt auf euch. Beruhige dich.

Alter Häftling: Wegen solchenen wie dir haben wir den Hitler überlebt?

Junger Häftling: Schon. Auch. Oder?

Raffi: Jawoll. Wenigstens wegen solchenen wie wir. Was tätst du ohne Israel?

Alter Häftling: Was tu ich mit Israel?

Raffi: Was ist mit ihm? *(Zeigt auf Klang.)*

Willy Klang: Der IHM ist schon gestorben.

Raffi: Also mit dir, Doktor Willy Klang. Ich hab mich erkundigt. Beamter der Israelitischen Kultusgemeinde in Wien bis fünfundvierzig, bis zum Schluss. Assistent von Doktor Saul Dunkelstein, den sie Dunkelschwein genannt hatten.

Willy Klang: *(müde)* Ich war nicht sein Assistent.

Aufnahmeleiter: *(hereinschreiend)* Zum Set. Todesappell. Gemma, gemma.

Die Häftlinge verlassen den Holztisch, gehen hinaus. Willy Klang bleibt sitzen. Stille. Alter Häftling kommt zurück.

Alter Häftling: Willy, was ist?

Junger Häftling kommt zurück.

Junger Häftling: Willy, wir müssen.

Willy Klang: Jaja, wir müssen. Immer müssen wir. Wir müssen immer.

Dunkel.

Erster Akt

1.

Eine Zelle im Landesgericht. Wien, Frühling 1936. Einige weibliche Häftlinge, darunter Gisa Winter und Edith Gold.

Edith: Gisa. Letztes Klogerücht.

Gisa: *(laut)* Auf das geben wir gar nichts.

Ein weiblicher Häftling hat sich den beiden genähert.

Gisa: Schau, Edith, wie dieser deutschen Frau die Reichsohrwascheln wachsen. *(Zieht sie ins Eck der Zelle.)* Ach, Edith.

Edith: Ich freu mich so. Wir werden amnestiert.

Gisa: Aha. Wir zwei?

Edith: Die andern auch. Alle Politischen.

Gisa: Wo ist das Ksiberl?

Edith: Kein Ksiberl. Unsere wissens noch nicht.

Gisa: Und du schon?

Edith: Ja, ich. Und ist gar kein Klogerücht.

Gisa: Wen hast du diesmal wieder bestrickt?

Edith: Den blonden Mistelbacher.

Gisa: *(lächelnd)* Wann denn?

Edith: Ziemlich bald. Warum, glaubst, lassens uns denn raus?

Gisa: Was sagt denn dein Mistelbacher?

Edith: Der hat keine Ahnung, warum, aber er ist sicher, dass. Mag der Schuschnigg auf einmal uns Kommunisten?

Gisa: Wenns nach dem Schuschnigg ginge, könnten wir hier eh verfaulen. Wegen der da.

Edith: Was, wegen der Nazis lassens uns raus?

Gisa: Ach nein, Edith, bloß wegen deines Hinterns.

Edith: *(lachend)* Gibts einen besseren Grund?

Dunkel.

2.

Willy Klang, Alter Häftling im Wartesaal um den Holztisch.

Alter Häftling: Halb blind waren wir oder jedenfalls ich im Ständestaat, in der Systemzeit, wie die Nazis sagen. Es kommt mir von jetzt gesehen nahezu paradiesisch vor.

Willy Klang: Das Paradies der Arbeitslosen, der Ausgesteuerten.

Alter Häftling: Eine bittere Zeit – damals. Und die Deutschen aus dem neuen Hitlerreich in Salzburg mit den Marmeladestullen, und die Österreicher fressen den Kitt aus dem Fenster.

Willy Klang: Die Piefkes, die Marmeladinger.

Alter Häftling: Und wir, famose Luftschlucker.

Willy Klang: Meiner Familie ist es gar nicht so schlecht gegangen. Zwar war die Arbeiterbewegung am Boden, aber ich als Arztkind habs ganz gut gehabt. Ich erinnere mich genau, wie ich mit Papa sonntags ins Josephstal jausnen gegangen bin. Die Ausgesteuerten sind draußen vorbeigeschlichen; die Nasen haben sie sich platt gedrückt, und mit den Augen habens meiner Buttersemmel nachgeschaut bis in' Schlund. Papa hat rausgeschaut. „Arme Hunde, unverschuldet arme Hunde, Willy, schau sie dir nur an. Der Hitler schaut ihnen bereits aus den Augen heraus."

Alter Häftling: Ihr wart im Café Josephstal? Ihr habt dort tarockiert. Ich bin auch draußen vorbeigegangen.

Willy Klang: Aus deinem Ponem hat aber der Hunger herausgeschaut oder was?

Alter Häftling: Hoffnungslosigkeit, Willy. Ich hab ja auf keinen Führer hoffen können, nach den Rassengesetzen, die der im Reich verkünden hat lassen. Du warst also ein feiner Pinkel, bist es geblieben. Tarockierst du noch immer gelegentlich?

Willy Klang: Tarockieren? Unsereiner hat Bridge gespielt. Ich hab gewohnt in der Pfeilgasse, gleich gegenüber vom Josephstal.

Musik. Dunkel.

3.

Café Josephstal. Bridgetisch. Der alte Schwarz, Vater Klang, junger Bridgepartner, später Schwarzens Tochter Theres, Gäste, Ober.

Der alte Schwarz: Na, auf was warten wir denn noch?

Vater Klang: Auf wen schon. Auf deine Tochter.

Der alte Schwarz: Nicht nur kann sie nicht spielen, rechtzeitig kommen kann sie schon gornicht. *(Zündet sich eine Zigarre an und hustet dabei.)*

Junger Bridgepartner: Großer Gott, old Blacky.

Der alte Schwarz: Was ist denn?

Junger Bridgepartner: Du rauchst zu viel, du hustest zu viel.

Der alte Schwarz: Das ist Kismet.

Junger Bridgepartner: *(zu Vater Klang)* Braucht dein Patient nicht eine Kur?

Vater Klang: Solche Zigarren braucht er wie einen Kropf.

Der alte Schwarz: Doktor Ossi. Gibst jetzt a Ruh?

Vater Klang: Na freilich. Hast eh nur die Bronchitis mit doppeltem Resonanzboden. Aus der Lunge naturgemäß und ...

Der alte Schwarz: ... aus der Gruft, ich weiß. Müder Witz.

Vater Klang: Geh wenigstens nach Gastein, old Blacky. Schöne, wilde Natur.

Der alte Schwarz: Natur?

Junger Bridgepartner: Gepflegte Parkanlagen. Ruhige, ältere Leut.

Vater Klang: Sogar Bridgespieler.

Der alte Schwarz: Wer in Bad Gastein auf Kur geht, spielt ka Bridge.

Junger Bridgepartner: Vergönns dir!

Der alte Schwarz: Das ist doch kein Gönnen, das ist … *(Hustenanfall.)* Ich fahr nicht nach Gastein.

Vater Klang: Er fährt nicht nach Gastein.

Der alte Schwarz: Ich werd euch das erklären. Also gut, ich bin in Gastein. Was tu ich? Ich steh in der Früh auf und geh a bissel spazieren auf nüchternen Mogn, weil ich bin ja auf Kur. Was kommt dann? Na, dann kommt das Frühstück. Danach, was tu ich? Ich geh a bissel spazieren. Dann komm ich zurück, geh zur Trinkhalle, schlemper das gesunde Wasser, denn ich bin ja auf Kur. Was tu ich dann? Spazieren geh ich. Dann komm ich zurück, und die Post war schon da. Ich lese also sämtliche Zeitungen. Dann mach ich für die Gesundheit noch einmal das, was man einen ausgedehnten Spaziergang nennt. Ich bin auf Kur. Dann könnt das Mittagessen kommen, aber es ist erst drei viertel zehn Vormittag. Ich fahr nicht nach Gastein.

Junger Bridgepartner: Aha. Er fährt nicht nach Gastein.

Vater Klang: Dafür kommt jetzt deine Tochter.

Theres tritt ein.

Theres: Servus Moskowitz, grüß dich, Doktor Klang. Servus, Papa.

Beide Bridgepartner: Fräulein Theres.

Der alte Schwarz: Das Fräulein Tochter glaubt, ich leb ewig.

Theres: Entschuldige, Papa, aber die Tante war so in Rage, da konnt ich nicht …

Der alte Schwarz: Sämtliche Tanten sind entweder in Rage oder im Geplärr. Hier aber wird gewartet.

Vater Klang: *(spöttisch)* Fanget an! Fanget an!

Sie beginnen zu spielen. Theres wird zu ihrem Vater gelost. Sie teilen aus. Sie lizitieren. Theres spielt aus.

Der alte Schwarz: *(legt die Karten weg)* Thesi! Was soll denn solches? Hast du nichts vernommen?

Theres: Ich spiel nach meiner Raison, Papa.

Der alte Schwarz: Du meinst, nach deiner Bledheit.

Theres: *(schmeißt die Karten weg)* Jetzt reichts mir aber. Seit Wochen immer dasselbe mit dir, Papa. Ich bin doch nicht auf deine Herrenpartie angewiesen.

Der alte Schwarz: Dann hebe dich hinweg. *(Hustet.)* Geh und spiel mit deinen Weibern Wäschekluppen aufhängen.

Junger Bridgepartner: Old Blacky, beruhige dich.

Der alte Schwarz: Wer kann sich bei so einer Tochter beruhigen. Pathologische Phlegmatiker möglicherweise.

Theres: *(wütend zu allen)* Man dankt. *(Verlässt den Tisch.)*

Der alte Schwarz: *(ruft ihr nach)* In diesem Café spielst du mir nicht mehr, so lang ich leb.

Theres: Hab dach in der Erd! *(Ab.)*

Junger Bridgepartner: Wie redest du eigentlich mit deinem Kind?

Der alte Schwarz: Wer weiß.

Vater Klang: Und sie, bitte gor schön, mit ihrem Vater?

Der alte Schwarz: Wer weiß. Dabei, sie war so was von einem süßen Mädl, bis sie bekommen hat diese dumme Leidenschaft fürs Bridge.

Vater Klang: No, die Leidenschaft ist nicht dumm.

Der alte Schwarz: Für die Thesi ist sie die dümmste. *(Hustet.)* Soll sie sich nehmen an Ganef als Mann. Einen, der ihr das Bridgespielen verbietet für ewig. Ah, da kommt der Warschowitz. *(Zum jungen Bridgepartner:)* Moskowitz, der spielt doch ganz passabel, oder?

Junger Bridgepartner: Warschowitz. Wir flehen dich an.

Warschowitz setzt sich achselzuckend auf den Platz von Theres.

Der alte Schwarz: Wer kommt?

Dunkel.

4.

Wartesaal. Um den Holztisch. Die KZ-Häftlinge kommen zurück, als Klang und der alte Häftling eben hinausgehen wollen.

Ein Häftling: Jetzt haben sie den Todesappell verschoben. Das Wetter ist zu prachtvoll.

Willy Klang: *(setzt sich wieder nieder)* Filmen ist Nasenbohren.

Raffi: Wolltest du nicht erzählen von deinem Freund Dunkelstein, dem Helden?

Willy Klang: Also erstens war er nicht mein Freund, zweitens will ich gornix erzählen.

Raffi: Schau, Doktor Klang, ich bin doch nur ein blöder Israeli, ein Tembel.

Willy Klang: Das ist nicht mein Problem.

Junger Häftling: Ich täts aber auch gern hören.

Willy Klang: *(zu den andern)* Ihm was erzählen heißt zu den Schwalben reden, bloß um den Wind pfeifen zu hören.

Raffi: Ist ja schon gut, Sir Willy. Nimm mich nicht so ernst!

Willy Klang: Na, da werd ich mich hüten.

Raffi: Also was war mit dem Dunkelstein? Was hat er getan außer gefressen und gebetet und kollaboriert? Was war das für ein Jud?

Willy Klang: Ein Jud halt. *(Zum hereinkommenden Aufnahmeleiter:)* Was ist jetzt, Herbertl?

Aufnahmeleiter: Order ist unterwegs. *(Ab.)*

Willy Klang: Aha. Order ist unterwegs. Tja, gegessen hat er gern, der Saul. Sehr gern. Außerordentlich gern. *(Zum alten Häftling:)* Erinnerst du dich an das Neugröschl in der Heinestraße?

Alter Häftling: Stadtgutgasse.

Willy Klang: Kleine Stadtgutgasse.

Alter Häftling: Und wie. Wenn wir beim miesen Rappaport gesessen sind und aufs Essen gewartet haben, und es ist nicht gekommen, hat der Torberg geschrien: Was is? Was is? Der Fraß ist noch nicht da? Beim Neugröschl rülpsen sie bereits.

Willy Klang: Welcher Torberg?

Dunkel.

5.

Das Speiselokal Neugröschl, Sommer 1936. Neugröschl, ein Ober, Dunkelstein, Esther Rebenwurzel, zwei Kiebitze, Egon Friedell, Alfred Polgar.

Im vorderen Saal, vollbesetzt bis auf einen Tisch. Neben diesem sitzt Dunkelstein mit einer jungen Frau. Abgetrennt und gegen den Hintergrund zu ein Raum mit Kartenspielern, Kiebitzen. Dort sitzen Friedell und Polgar. Ein Gast betritt das Lokal, nimmt den freien Tisch.

Der Gast: Ober! Das Wiener Schnitzel.

Dunkelstein: In der Rembrandtstraße, Esther Rebenwurzel.

Esther: Fünfzehn russische Burschen. Dem Stalin entkommen. Wollen jetzt hier Bar Mitzwa nachholen.

Dunkelstein: Na und?

Esther: Sie haben Moire.

Dunkelstein: Und wieso fürchten sie sich?

Esther: *(lächelnd)* Sie haben keine Ahnung, wo Gott wohnt.

Um den Kartentisch Friedell und Polgar. Ein Herr stürzt herein.

Der Herr: Grüße Sie, Herr Friedell. Verehrung, Herr Polgar. Wissen Sie, wer gestorben ist?

Polgar: Mir ist ein jeder recht.

Der Herr: Werfel.

Polgar: *(springt auf)* Was, der Werfel?
Der Herr: Nein, nicht der Werfel. Der Werfel. Der vom Achtertisch. Der Gustav.
Friedell: Ein Freund von Ihnen?
Der Herr: Nein.
Friedell: Dann ists ja gut. *(Zu Polgar:)* Fangen wir an.
Erster Kiebitz: *(den Herrn wegdrängend und ihm erklärend)* Herr Polgar und Herr Friedell spielen DER ERZHERZOG WIRD GEPRÜFT. Bitte um Ruhe.
Der Herr: Was soll denn das für ein Kartenspiel sein?
Zweiter Kiebitz: Nicht Kartenspiel, Sie Banause. Ein prüfender Geschichtsprofessor muss dem Erzherzog eine leichte Frage stellen, damit der sich nebbich nicht blamiert beim Antworten. Aber Hochwohlgeborener antwortet ganz falsch. Der Professor muss, um den Erzherzog nicht in Verlegenheit zu bringen, begründen, warum die falsche Antwort eine richtige ist. Dann hat er gewonnen.
Friedell: Kaiserliche Hoheit, wie lange dauerte der Dreißigjährige Krieg?
Polgar: Sieben Jahre.
Gelächter.
Friedell: Das ist richtig. Damals wurde ja in der Nacht geruht. Also die Hälfte ist weg. An Sonn- und Feiertagen war Waffenruhe. Wenn wir nun die historisch erwiesenen Unterbrechungen und Verhandlungspausen einrechnen, gelangen wir zu einer faktischen Kriegsdauer von genau sieben Jahren. Ich gratuliere.
Die Umstehenden applaudieren. Friedell und Polgar tauschen die Plätze.
Polgar: Kaiserliche Hoheit! Wer schrieb den Faust?
Friedell: Der Fackelkraus.
Polgar: Das ist richtig. Zwar gab es eine Vorlage von Johann Wolfgang von Goethe, aber ...
Er denkt nach. Im vorderen Speisesaal essen die Gäste. Dunkelstein bezahlt und geht mit Esther ab.

Der Gast: *(winkt dem Ober)* Einen Kaiserschmarrn.
Ober: Was dazu?
Der Gast: Ein Kompott.
Ober: Welches?
Der Gast: Egal.

Polgars Antwort war nicht zu verstehen, doch sie muss gut gewesen sein, denn starkes Gelächter hinten beim Erzherzogspiel. Die beiden tauschen wieder die Plätze.

Friedell: Kaiserliche Hoheit, wie heißt unser Kaiser Franz Joseph?
Polgar: Quarz.
Friedell: Ähem, das ist richtig. Erstens einmal ... *(Er stockt und verfällt in tiefes Nachdenken. Vorne bringt der Ober dem Gast das Essen, will gehen.)*
Der Gast: Halt! Ich hab als Beilag ein Kompott bestellt.
Ober: Da stehts ja.
Der Gast: Was steht da?
Ober: Ihr Kompott.
Der Gast: Das sind Zwetschgenröster.
Ober: Eben.
Der Gast: Was heißt: eben? Wenn ich ein Kompott bestelle, will ich keine Zwetschgenröster.
Ober: Warum nicht?
Der Gast: Weil Zwetschgenröster kein Kompott sind.
Ober: Zwetschgenröster sind kein Kompott?
Der Gast: *(laut)* Nein.
Ober: *(laut)* Zwetschgenröster sind ein Kompott.
Der Gast: Zwetschgenröster sind kein Kompott. Rufen Sie mir den Chef!
Friedell: *(fährt aus tiefer Nachdenkerei hoch)* ... weil obwohl und obzwar und im ursprünglichen Sinne er als Franz Joseph ... Ich gebe auf!

Applaus. Die beiden geben einander die Hand. Polgar greift nach seinem Mantel. Der zweite Kiebitz will ihm hinein helfen.

Polgar: Hören Sie auf. Allein ist es schon schwer genug.

Die beiden gehen durch den Speisesaal und ab. Indes hat sich Neugröschl dem Disput genähert.

Neugröschl: Was ist mit dem Gast?

Ober: Der Herr hat Kaiserschmarrn mit Kompott bestellt. Ich hab ihm Zwetschgenröster gebracht.

Neugröschl: No also. Was will er denn dann noch?

Ober: Er sagt, Zwetschgenröster sind kein Kompott.

Neugröschl: *(zum Gast)* Das haben Sie wirklich gesagt?

Der Gast: Natürlich.

Neugröschl: Sagen Sie es noch einmal!

Der Gast: Zwetschgenröster sind kein Kompott.

Neugröschl krempelt die Ärmel auf. Packt den Gast am Genick. Führt ihn zum Ausgang.

Neugröschl: Zahlen brauchen Sie nicht. Sie sind mein Gast! *(Er wirft ihn hinaus.)*

Der Gast: Kalterer heiß ich. Kalterer. Sie werden noch von mir hören!

Er steht draußen hinter Neugröschl, ordnet seine Kleidung, hört noch die Worte von Neugröschl, der ins verstummte Lokal schaut.

Neugröschl: Wer der ist *(zeigt mit dem Daumen nach draußen)*, hab ich gehört. Aber es sind noch ein paar da und herinnen, welche glauben, dass Zwetschgenröster kein Kompott sind. *(Hebt die Faust.)* Aber ich kenne sie alle.

Dunkel.

6.

Warteraum. KZ-Häftlinge, Aufnahmeleiter, Willy Klang, Raffi.

Aufnahmeleiter: Order ist da. Elendsquartier. Mit euch. *(Zu Raffi:)* Du nicht.

Willy Klang: Gleich?

Aufnahmeleiter: Order kommt.

Willy Klang: Order kommt.

Raffi: Was nehmen sie mich nicht fürs Elendsquartier?

Willy Klang: Was tut ein Makkabäer in einem Elendsquartier? Vielleicht bist du bei einer Fluchtgruppe und wirst in den Wäldern erschossen. Also du hast gefragt. Natürlich hat er gebetet, der Dunkelstein. Was glaubst, tut ein Rabbiner? Ein einziges Mal hab ich ihn in der Synagoge predigen gehört. Ein einziges Mal. Das war noch 1937. Ich war gut bekannt mit einer Russischen. *(Pause.)* Stellt euch vor, jetzt fällt mir ihr Name wieder ein. Die Soja. Das gibt es nicht. Ein Wunder. Die Soja.

Raffi: Was ist schon groß mit dieser Soja?

Willy Klang: *(leise)* Vor dem Krieg. Das war schon was Großes. Was Erstes. Vor dem Krieg.

Dunkel.

7.

Musik.

Synagoge, besser gesagt, größerer Betraum, Wien 1937. Frauen hinter dem Seil. Besucher, darunter der junge Willy Klang, der zu einem jungen Mädchen rüberschaut, Esther Rebenwurzel.

Dunkelstein: *(predigt)*

Meine Lieben. Schwere Tage kommen auf uns zu.
Tage, in denen es manchmal geht
Um Leben und Tod.
In der Thora, im dritten Buch Mose
Im neunzehnten Kapitel gibt es den Vers:
Steh nicht unnötig da, wenn dein Nächster blutet.
Wenn ich sehe, dass ein Mensch
Einen anderen töten möchte, habe ich da
Etwas zu tun?
Was ist meine Wahl?
Soll ich wegschauen?

Derjenige, der einen anderen morden will,
Ist ein Rodef, ein Verfolger.
Mir ist erlaubt, ihn zu stoppen.
Mir ist erlaubt, ihn zu töten, bevor er
Einen Dritten tötet, denn er ist ein Rodef.
Doch wenn der mir einen Revolver
An die Schläfe setzt und mir befiehlt,
Einen Dritten mit meinem Revolver zu erschießen,
Darf ich das nicht tun, denn mein Blut
Ist nicht röter als das des Dritten.
Ich werde
Mich
Erschießen lassen müssen.
Schwere Tage kommen auf uns zu, meine Lieben.
Pause.

Da sehe ich junge Juden, die aus der Sowjetunion sich zu uns gerettet haben. Ich höre, ihr seid unkundig eures Glaubens und das erste Mal in der Synagoge dank unserer Esther.

Pause.

Eigentlich hab ich einen Hunger und bin fertig mit der heutigen Parascha, aber ich heiße euch willkommen.

Pause.

Wir dürfen unser eigenes Leben retten und dafür alle anderen Gebote übertreten, nur nicht das Gebot: Morde nicht.

(Zu den Russen:) Es ist ein Lager in Sibirien. Ein junger Rabbiner, der eingesperrt wurde, warum weiß G'tt allein, wird zum Lagerkommandanten gerufen. Der sagt zu ihm: „Ich beobachte dich geraume Zeit. Ich mag zwar keine Juden, alles Zionisten, aber du bist mir sympathisch und siehst ähnlich meinem Jugendfreund Wolodja aus Nischnij Nowgorod, aus Gorkij. Ich hab beschlossen, dich heute freizulassen."

Der junge Rabbiner freut sich selbstverständlich.

„Sei so gut“, sagt der Kommandant, „geh her und unterschreib diese Papiere, dann bist du entlassen.“
„Herr Kommandant, gern, aber morgen.“
„Nein, heute, Jude, heute.“
„Heute ist Sabbat, Herr Kommandant. Am Sabbat darf ich nichts unterschreiben.“
„Wenn du heute nicht unterschreibst, bleibst du hier bis in Ewigkeit Amen und wirst hier verrotten.“ Der junge Rabbiner denkt nach. „Dann muss ich eben dableiben“, sagt er. Der Kommandant erwidert ihm: „Das ist mir neu, dass ihr Juden blöd seid.“ Zu seinem Lakai sagt er: „Hole mir den anderen Rabbiner, den Greis.“ Der alte Rabbiner kommt, der junge will fortgehen. „Wer hat dich geheißen wegzugehen?“ Also bleibt der junge Rabbiner und hört, was der Kommandant zum alten Rabbiner sagt: „Unterschreib diese Entlassungspapiere und geh mit Gott.“
„Heute ist Sabbat“, sagt der alte Rabbiner. Da kann ich nicht unterschreiben. Aber morgen.“
„Nichts morgen“, brüllt der Kommandant. „Für euch Juden gibt’s kein morgen.“
„Dann werde ich meine Tage hier beschließen mit G’tt“, beendet der Alte also das Gespräch.
„Mit Genosse Stalin“, lächelt der Kommandant. Plötzlich sagt der junge Rabbiner: „Herr Kommandant, ich unterschreibe für meinen Kollegen und großväterlichen Freund.“
Da war eine Stille um den Kommandanten und wohl auch in ihm.
„Du unterschreibst am Sabbat für den Greis?“
„Bei ihm, Herr Kommandant, besteht andauernd Lebensgefahr. Ich aber bin jung, ich komme zurecht. Um sein Leben zu retten, darf ich das Gebot brechen.“
Und der Junge schaut dem Kommandanten voll ins Antlitz und sagt leise: „Wer ein Leben zerstört, zerstört die Welt. Wer ein Leben rettet, rettet die Welt.“

Nach einer Weile, währenddessen der Kommandant abwechselnd auf den alten und den jungen Rabbiner geschaut hat, räuspert er sich und sagt zum alten: „Verlasse das Lager und geh mit Gott.“
Der Alte verneigt sich, da fügt der Kommandant hinzu: „Und nimm mir den Obergescheiten gleich mit. Solche Klugscheißer dulde ich nicht in meiner Nähe.“
Und er ließ beide Juden frei. Schwere Tage kommen auf uns zu. Sabbat Schalom, meine Lieben.

Dunkel.

8.

Wohnung in der Unteren Augartenstraße. Isidor Winter sitzt im Wohnzimmer beim Tisch und liest in der Zeitung. Seine Frau Adele bringt zwei Teller mit dürftigem Mahl herein. Isidor legt die Zeitung weg, beginnt langsam zu essen. Die Stimmung ist düster. Adele hat abgewartet, bis Isidor begonnen hat, isst dann ebenso.

Musik.

Auf dem Kanapee liegt Nathan, der Sohn der beiden, und schläft.

Adele: Schmeckt nicht?

Isidor: Schmeckt nie.

Adele: Geh halt wieder um das Fleisch zur Rosa.

Isidor: War doch grad.

Adele: Vierzehn Tag.

Isidor: Öfter kann ich nicht schnorren.

Adele: Deine Schwester bietet es dir doch an. Ihr Stand geht gut in der Markthalle. Sie kann es sich leisten, und sie will uns was abgeben.

Isidor: Ewig schnorren bei meiner jüngeren Schwester.

Nathan: *(wacht auf)* Awawa.

Bei diesen Lauten ist Isidor aufgestanden und geht zu Nathan, beugt sich über ihn.

Isidor: Nathan.

Nathan: Essen.

Adele erhebt sich, geht zur Küche, um mit einem Teller zurückzukommen. Sie geht ins sichtbare angrenzende Kabinett, kleiner Tisch, Sessel, Bett.

Adele: Komm, Nathan.

Mit Hilfe des Vaters steht Nathan auf, schlurft zum Kabinett, hält sich das linke Ohr zu. Isidor spricht auf ihn ein.

Isidor: Noch zwei Schritte.

Nathan bleibt abrupt stehen, schaut auf den Esstisch.

Nathan: Was soll der Tisch da?

Adele: Nathan, das ist unser Esstisch.

Nathan: *(klammert sich an den Vater)* Verhäng ihn. Awawa. Schaff ihn weg!

Isidor: Ich verhänge ihn gleich.

Nathan: *(auf Adele zeigend)* Tate, schaff dieses Weib weg. Verhäng es. Awawa.

Isidor drängt ihn ins Kabinett, setzt ihn zum kleinen Tisch.

Isidor: Sss.

Adele: *(wieder beim Tisch im Sessel, müde)* Isidor, du musst wieder Doktor Grünhut rufen. Wir schaffen es nicht mehr. Er muss wieder raus.

Nathan: Awawa. *(Sinkt etwas zusammen und schweigt.)*

Isidor: Iss, mein Sohn.

Nathan beginnt zu essen.

Isidor: Siehst du, er isst.

Nathan: *(leise)* Tür zu. Anlehnen.

Isidor kommt heraus, setzt sich wiederum zum Tisch, greift zur Zeitung.

Adele: Es ist so weit. Er muss nach Steinhof.

Isidor: Nein.

Dunkel.

Musik. Klopfen.

9.

Gleiche Szene. Klopfen. Adele macht auf.

Adele: Gisa.

Gisa: Mama.

Umarmung. Sie kommen herein.

Gisa: Servus, Papa.

Isidor schweigt.

Adele: Deine Tochter.

Isidor schweigt.

Gisa: *(setzt sich ohneweiters an den Tisch)* Wie gehts dir, Mama?

Adele: Wann haben sie dich entlassen?

Gisa: Heute früh. *(Packt einige Lebensmittel aus.)* Habe ich organisiert.

Nathan: Awawa.

Gisa: Er ist da?

Adele: Seit sechs Monaten.

Gisa: Ein Wahnsinn.

Isidor: Schweig.

Gisa: Wo man hinkommt in diesem Land, überall sagen sie: schweig.

Isidor: Da redet eine. Zuchthausweisheiten. Was wünschst du hier?

Gisa: Ich wollte die Mama wiedersehen.

Isidor: Und jetzt?

Gisa: Mich verabschieden. Auch von dir.

Adele: Gisi.

Isidor: Wieder rüber zu deinen Bolschewiken? Die murksen sich grad gegenseitig ab. *(Zeigt auf die Zeitung.)* Schauprozess in Moskau. Die eigenen Leut lässt er umbringen. Dein Stalin.

Gisa: Du glaubst auch alles, was in der bürgerlichen Presse steht.

Nathan: Der Engel ...

Adele: Kind, wo willst du jetzt hin?

Gisa: In Spanien haben doch die Faschisten geputscht. Die Republik wehrt sich. Aus aller Welt ...

Adele: Du ziehst in den Krieg. Oh Gott.

Gisa: Nein, Mama. Ich geh nach Paris. Dort gibt es ein Komitee zur Unterstützung der Interbrigadisten ...

Nathan: Der Engel ...

Isidor: Gute Reise. *(Zeigt zur Tür.)*

Adele: Isidor. Das ist unsere Tochter.

Isidor: Deine Tochter.

Adele: *(auf dem Sessel, beginnt zu weinen)* Oh mein Gott.

Nathan: *(brüllend)* Der Engel des Herrn schlägt mich auf die Wimpern. *(Er wirft Teller und Besteck gegen die Mutter.)*

Isidor ist aufgesprungen und hält seinen Sohn umfangen. Gisa umfängt die Mutter.

Nathan: Das reziproke Hirnfieber gefällt dem Herrn nicht. Was soll ich tun. Tate, hilf mir. Awawa.

Gisa: Was bringst du ihn nicht ins Spital!

Isidor: Das geht dich nichts an.

Gisa: Und ob mich das etwas angeht. Immer wieder nimmst du ihn nach Hause. Seit ich denken kann, ist hier das reine Totenhaus. Wegen ihm müssen wir andern ...

Isidor: Schweig, Gisela. Er ist der Erstgeborene. Er steht unter meinem Schutz. Niemand darf ihm etwas tun. Geh weg. Geh weg.

Gisa: Er soll doch nur behandelt werden, Papa.

Isidor: Gott weiß, was er tut. *(Geleitet den schluchzenden Nathan zum Sofa, streichelt ihn.)*

Gisa: Sag, Mama. Ist er jetzt religiös geworden?

Adele: Lieber Gott, erbarme dich. *(Weint bitterlich.)*

Gisa steht ratlos im Zimmer. Dann geht sie zur Tür.

Gisa: Hier ist es nicht auszuhalten. Du musst von ihm weggehen. Ich schreib dir aus Paris. Du musst dieses Totenhaus verlassen.

Adele schüttelt den Kopf.

Gisa: Auf Wiedersehen, Mama. *(Geht schnell ab.)*

Isidor: *(zu Nathan)* Der Herr ist zufrieden.

Nathan betet. Isidor betet.

Isidor kehrt, nachdem Nathan im Sofa eingenickt ist, zum Tisch zurück. Er ergreift wieder die Zeitung.

Adele: *(im Sessel, ruhig)* Das war unsere Tochter.

Isidor: Ich weiß. Was habe ich gemacht, dass mich der Herr so bestraft?

Adele: Du hast nichts gemacht.

Isidor: Was soll also geschehen? Nathan ... sie eine Bolschewikin ... und wo ist eine Arbeit für mich?

Adele: Geh halt wieder ums Fleisch zu Rosa. Und rufe Dr. Grünhut.

Isidor: Nein.

Er liest wieder in der Zeitung. Sie sitzt und schaut zu ihm hin. Einige Takte Musik. Stille.

Isidor: Gut. Ich gehe zu Rosa.

Er geht hinaus, kommt mit Hut und Mantel wieder. Adele unbeweglich im Sessel.

Ich komme bald zurück.

Beugt sich zu Adele, prallt zurück.

Gerechter Gott. Adele!

Er befühlt sie. Stürzt hinaus.

Nathan ist aufgewacht. Geht langsam zum Tisch. Betrachtet die tote Adele, umkreist sie. Er versucht sie zu berühren, stößt sie vom Sessel. Er verbirgt sein Gesicht, hält sich mit der anderen Hand das Ohr zu.

Nathan: Auweh, auweh, auweh, auweh, Tate, Tate, Tate. Herr, Herr, Awawa.

Dunkel. Musik.

Zweiter Akt

1.

Bühne dunkel. Musik.
Menschen, dicht gedrängt in einer Straße, schauen mit offenen Mündern alle in eine Richtung.

2.

Projektion. Heldenplatz. Führer auf dem Balkon (Foto).
STIMME AUS EINEM LAUTSPRECHER:

der glanze heldenplatz zirka
versaggerte in maschenhaftem männchenmeere
drunter auch frauen die ans maskelknie
zu heften heftig sich versuchten, hoffensdick.
und brüllzten wesentlich.

verwogener stirnscheitelunterschwang
nach nöten nördlich, kechelte
mit zu-nummernder aufs bluten feilzer stimme
hinsensend sämmertliche eigenwäscher.

pirsch!
döppelte der gottelbock von Sa-Atz zu Sa-Atz
mit hünig sprenkem stimmstummel.
balzerig würmelte es im männechensee
und den weibern ward so pfingstig ums heil
zunahn: wenn ein knie-ender sie hirschelte.

3.

Wartesaal, Holztisch. Die Komparsen als KZ-Häftlinge um den Tisch. Der junge Häftling lässt das Buch, aus dem er gelesen hat, sinken.

Junger Häftling: Super.

Willy Klang: Modern, aber wahr.

Raffi: *(begeistert)* Großartig. Wie heißt der? Jandl? Toller Bursche. Ein Jud?

Alter Häftling: Das tät dir so passen.

Dunkel.

4.

1938. Vor der Synagoge Seitenstettengasse. Amtsdirektor Leonhardt, Dunkelstein, junger Bursch.

Leonhardt: Kommen Sie, Saul. Kommen Sie mit Sack und Pack. Ich mache Ihnen das Zimmer acht frei. Dort können Sie schalten und walten.

Dunkelstein: Herr Amtsdirektor. Ich bleib kein Rabbiner und Sie kein Amtsdirektor. Die schlimmen Tage sind da.

Leonhardt: Jetzt warten wir einmal ab.

Dunkelstein: Abwarten? Wir dürfen nichts abwarten. Wir müssen uns zusammensetzen und durchspielen, was auf uns zukommen kann. Ich habe die neuen Informationen aus Berlin. Die kommen schon Jahre irgendwie klar. Aber wir müssen in einem Tag lernen, wofür die deutschen Juden fünf Jahre Zeit hatten. Wird schlimm.

Leonhardt: Zimmer acht. Ich hab Ihnen gesagt. Auf einen wie Sie wartet das Zimmer acht. Sie waren ein ganz guter Rabbiner. Sie sind eine Perle von einem Gelehrten. Sie haben es aber faustdick hinter den Ohren. Ich hab Sie beobachtet, Saul. Sie sind unser Mann. Unsere Zusammenarbeit mit den neuen Behörden braucht einen Kopf. Einen Willen. Willkommen im Zimmer acht.

Dunkelstein: Danke. Ich hab zufällig ein Angebot nach Sankt Gallen als Rabbiner. Ich mache Ihnen heute und morgen Meldung über die neuen Entwicklungen in Berlin. Dann werd ich wohl ...

Ein junger Bursche schiebt einen Handwagen zu den beiden Männern, bleibt vor ihnen stehen.

Junger Bursch: *(forsch)* Heil Hitler, ich bring die Mazzes.

Leonhardt macht eine Bewegung Richtung Eingang, der junge Bursch schiebt den Handwagen dorthin. Er beginnt, die Mazzoth zu liefern.

Dunkelstein: *(beobachtet den jungen Burschen)* Was ist Besonderes am Zimmer acht?

Leonhardt: Das schönste Zimmer. Das größte. Es ist Ihres, Doktor Dunkelstein.

Dunkelstein: Es muss werden die Kommandozentrale. Ich muss aber gehen nach Sankt Gallen. Dort werden mich die Juden lieb haben.

Leonhardt: Alles Gute! *(Dreht sich abrupt um und geht ins Gemeindezentrum.)*

Dunkelstein bleibt stehen, bis der junge Bursch mit dem Handwagen an ihm vorübergeht. Dunkelstein folgt ihm. Er bleibt wieder stehen.

Musik.

Dunkelstein dreht sich um und verschwindet hinter Leonhardt im Gemeindezentrum.

Dunkel.

5.

Wohnung und Fenster im achtzehnten Bezirk, Gentzgasse. Friedell im Schlafrock. Er geht auf und ab.

Friedell: Wir sollten schleunig verschwinden, meint der Polgar. Verschwinden. Ich bin doch kein Hosenscheißer. Wegen dieses Antichristen? Bloß weil jede Regung von Noblesse, Frömmigkeit, Bildung, Vernunft von einer Rotte verkommener Hausknechte auf die gehässigste Weise verfolgt wird?

Er bleibt stehen.

Bei dem gelt ich als Jud. Ausgerechnet ich, der ich gornix von den Juden halte. Unter den Millionen, die es gibt, hab ich grad drei Freund, wenns hochgeht.

Wandert wieder los.

Ich soll weg von Wien? Just nicht. In Österreich wird man eben nur zum großen Mann, wenn man etwas auffällig nicht tut. Kaiser Joseph hat unter größtem Aufsehen keine Reformen durchgeführt, Laudon hat unter allgemeiner Aufmerksamkeit Friedrich den Großen nicht besiegt, und Lueger hat unter ungeheurem Zulauf nichts für Wien geleistet. Ich werde nicht emigrieren. Nein, das werde ich nicht tun. Ich hab mich nun mal so eingerichtet, dass ich unmöglich fortgehen kann. Wo gibts denn noch solchene Butterkipferln in der Melange? Soll ich das Neugröschl auf dem Buckel nach Amerika schleppen?

Nähert sich dem Fenster.

Da stehen zwei in Ledermäntel und schauen herauf.

Weicht schnell in die Mitte des Zimmers zurück.

Kommen die mich kassieren?

Fährt sich durchs Haar, schreitet hernach seine Bibliothek ab.

Jedenfalls bin ich in jedem Sinne, in jedem Sinne reisefertig. *(Lauscht.)* Ich höre sie kommen. *(Lächelt.)* Na schön. *(Geht mit großen Schritten zum Fenster, öffnet es, beugt sich vor:)*

Obacht! Schwerer Körper!

Stürzt sich hinunter.

Man hört Schritte, die an Friedells Tür vorübergehen, höher steigen. Gepumper an der dortigen Tür.

ERSTE STIMME: Aufmachen!

Eine Tür wird geöffnet.

Sind Sie Nazi Kohn?

ZWEITE STIMME: Ignaz Kohn, jawoll.

ERSTE STIMME: Mitkommen!

Dunkel.

6.

Filmset Theresienstadt, Hauptstraße. Filmkameras, etliche Statisten, darunter Willy Klang, der junge Häftling, Raffi, der Aufnahmeleiter.

WILLY KLANG: *(zum Aufnahmeleiter)* Wir setzen uns da nach vorn in die Kantine. Ruf uns, Herbertl, wenn es soweit ist.

AUFNAHMELEITER: Nix da. Bleibts schön hier. Nachher muss ich euch mit dem Lasso einfangen.

RAFFI: Hast du nicht gehört? Wir sitzen da vorn, basta. Bis Order kommt.

AUFNAHMELEITER: Zahlt sich nicht aus. Order kommt gleich.

WILLY KLANG: Zahlt sich schon aus. Order kommt später.

Die drei gehen zur Kantine am Eck, setzen sich, bestellen. Musik.

Während Klang erzählt, wird es dunkel auf der Hauptstraße. Musik weiter im Hintergrund.

Willy Klang:

Man sagt ja, dann ist der Hitler kommen.
Dann ist er kommen von weit draußen,
Von Berlin und Berchtesgaden.
Und mit ihm die Marmeladinger in der Montur,
Hintennach die schwarze SS.
Hereingebrochen, sagt man, ist das Ganze.
Eine braune Flut aus dem Norden
Schwabbte herein und versehrte
Das gemütliche Österreich.
Das ist der schmächtigste Teil der Wahrheit.
Der Führer ist kommen und hat uns heim ins Reich
Hinübergeführt, in ein anderes Land
Mit andere Leut.
Es war eine Sturmflut,
Sie ist kommen von innen.
Das Revers vom Sakko umgeschlagen,
Das Hakenkreuz hergezeigt.
Die Wiener Seele
Aus Sandstein, aus Mörtel,
Aus bröckelndem Lächeln,
Flatterte umher,
Bis durch die ganze Stadt
Ein Geflatter, ein Geknatter, ein Gerufe,
Ein Gelächter.
Zu den Juden,
Vor deren Geschäfte,
Und hinein
In Judenwohnungen
Und heraus mit denen
Auf die Gassen,
Auf die Knie,
Auf die Nasen.

Musik bricht ab. Auf der Straße ist es stockdunkel. Klang ist zusammengesunken.

Junger Häftling: Willy, was ist. Ist dir schlecht?

Willy Klang: Wisst ihr, wie die Todesangst stinkt? Die Hausmeister und ihre Freunde haben die Juden herausgerissen aus den Wohnungen. Auf den Gassen, wenn sie, zitternd vor Angst an den Hauswänden sich anhaltend, vorbeischleichen wollten, haben sie sie gepflückt von den Wänden, zusammengetrieben. An den Bärten haben sie sie gezogen, an den Pejes, den Frauen haben sie auf die Brüste gegriffen, ihre Weiber haben sie an den Haaren gezogen, dazu ein Gelächter. Dann waren an die zwanzig beisammen, SA ist dazugekommen, die Burschen haben Linie hineingebracht. Vorm Bayrischen Hof, auf einmal ein Gestank, indes Kübel und Bürsten plötzlich da waren, ein Gestank.

Kakophone Stimmen: *(aus der dunklen Straße)*

Judensäue.
Und die stinken,
Brunzen sich an,
Scheißen sich an.
Runter mit dir.
Reiben,
Reiben,
Aufwischen,
Euer Judengeschmier.

Willy Klang: Tatsächlich, die älteren Menschen konnten vor Angst nichts tun als alles unter sich lassen. Da knieten sie, mussten die Stiefel lecken, ein Bursch hielt den Kopf eines Mädchens an den Haaren und furzte ihr ins Gesicht, die Gattin des Hausmeisters von 21 hockte sich neben eine alte Jüdin und sagte: Sauber machen, Sarah, schau: so. Und sie führte deren Hand auf der Zahnbürste. Dann ohrfeigte sie sie und stand auf. Die Herumstehenden lachten.

Kakophone Stimmen:

Schauts, wie sie sich anscheißen.

Pfah, die stinken.

Kumm, Rabbi, durtn an der Hausmauer ist des Kruckenkreuz. Willst es weglecken?

Willy Klang: Und er zerrte den alten Mann am Bart zur Wand. Der begann mit der Bürste am Kruckenkreuz herumzureiben. Hinter ihm gingen sie vorbei, jeder versetzte ihm einen Arschtritt, er fiel hin.

Kakophone Stimmen:

Da schau her, der kann nimmermehr,
Der will nimmermehr.
Des ist ihm zu dreckig.
Muss sein Weib her.
Wurscht, irgendwer von den Itzigs, egal.

Gelächter, im Hintergrund Wimmern und Weinen, klatschende Geräusche, Furzgeräusche, Speigeräusche, Spuckgeräusche.

Musik. Die kakophonen Stimmen verstummen. Die Musik bricht ab.

Willy Klang: Das war nur der Anfang.

Es wird hell. Der Aufnahmeleiter eilt mit großen Schritten herbei.

Aufnahmeleiter: Ende mit dem gemütlichen Plauscherl. Auf Position.

Raffi: *(steht auf, Hacken zusammenschlagend)* Heil Hitler!

Der Aufnahmeleiter schaut ihn verblüfft an.

Excuse me.

Dunkel.

7.

Die Bühne dunkel.

Stimme Willy Klang: Was ich denen nicht erzählt hatte, was mir bis heute wiederkommt in den Träumen, jetzt sage ich es euch da draußen und da hinten in aller

Zukunft, damit ich nicht gestorben sein werde, ohne es gesagt zu haben. Und meinem Vater sag ich es jetzt.

Stimme Vater Klang: Jetzt, da ich seit Jahrzehnten verwittere unter diesem faden baltischen Himmel? Was Großes willst du mir jetzt noch hereinreichen? Was soll ich mitnehmen nach Jerusalem?

Musik setzt ein.

Stimme Willy Klang: *(flüsternd)*

Mit Fußtritten haben sie mich hingeschmissen,
Hinein in den Haufen
Dieser zitternden Jüdinnen,
Keuchender Juden, mich
Achtzehnjährigen, denn einer
Von den Pimpfen hatte mich erkannt.
Da kniete ich und musste reiben
Das Trottoir, mein Knie im Rinnsal.
Aber als
Die Meute sich konzentrierte
Auf den alten Mann
Mit Rabbibart und als die Stimmen dröhnten …

Kakophone Stimmen:

Pfah, die stinken.
Kumm, Rabbi, durtn an der Hausmauer ist des Kruckenkreuz. Willst es weglecken?

Stimme Willy Klang:

Da brüllte ich, nachdem ich unauffällig
Mich erhoben hatte: Jawoll.
Weglecken, Rabbi, leck es weg.
Und lachte laut, reihte mich ein
Und gab dem alten Mann, der an der Mauer stand
Den Tritt in' Arsch, und keiner merkte was.
Und ich konnte mich
Ich konnte weg, bin weg,
War fort
Ums Eck, und ruhig waren dort

Gasse und Häuser,
Still die Stadt, aus großer Ferne
Noch das Gejohle
Pause.
Bis heut.

Musik aus. Bühne hell. „Lagerstraße". Der alte Häftling geht zurück zum in den Himmel starrenden Willy Klang, legt ihm den Arm um die Schulter, geht mit ihm nach hinten.

Alter Häftling: Na komm schon, Willy.

Willy Klang: ... und bin gerannt bis in die Stadtgutgasse. Dort ist mein Vater gesessen, es war Dienstag, beim Neugröschl wie jeden Dienstag. Ich lief an seinem Tisch vorüber und zum Klo. Dann setzte ich mich zu ihm, trank, während er noch aß, ein Seidl Bier, ich weiß es noch. Paar hundert Meter weg die Hölle, hier ein friedliches Schmausen.

Dunkel.

8.

Gasthaus Neugröschl. Ganz wie früher. Der Ober hin und her. Neugröschl mit grimmigem Gesicht, als ob nichts passiert wäre, zwischen den Gästen und bei der Kassa. Der alte Klang vor seinem Rindfleisch, Willy Klang vor seinem Bier. Dunkelstein zahlt beim Ober, wischt sich nochmals im Aufstehen den Mund ab und geht zum Ausgang, quert einen Mann, der mit einem zweiten hereinkommt, und verschwindet, ohne die folgende Szene mitzubekommen. Kalterer und ein Kriminalbeamter betreten das Lokal.

Kalterer: Ruhe. Ich sage Ruhe.

Neugröschl: Wer reißt da die Goschn auf in meinem Lokal?

Kalterer: Sie sind doch der Jud Neugröschl.

Neugröschl: Für Ihnen noch immer Herr Neugröschl. *(Zum Ober laut:)* Wer ist dieses Gfrieß?

Kalterer: Der Herr Jud kennt mich nicht mehr?

Zieht einen Revolver, deutet mit dem Kopf zum Kriminalbeamten, der verschwindet, um wenig später mit vier Polizisten wiederzukommen.

Neugröschl: *(brüllt)* Fuchteln S' da net in mein Lokal mit der Pistol herum. Aha, Polizei.

Die Polizisten kommen herein. Stille.

Kalterer: Ich bin Kriminalkommissar Karl Kalterer.

Neugröschl: A schon was. Was haben denn Sie bei mir verloren? Suchen Sie an Gauner?

Kalterer: Sie sind der Gauner. *(Geht zu ihm, packt ihn beim Kragen.)* Jetzt sind Sie mein Gast.

Neugröschl: *(zum angstschlotternden Ober)* Spinnt der? Haben S' jetzt die Narrischen aus Steinhof ausselassn?

Kalterer: *(gibt Neugröschl eine Ohrfeige)* Halts Mäu. *(Stößt ihn auf einen Sessel, betrachtet ihn.)* Der kennt mich wirklich nicht. Sagen Sie, Herr Neugröschl. Zwetschgenröster sind ein Kompott?

Neugröschl: Ah, der ist das.

Kalterer: Mäu halten. *(Schlägt ihn wieder.)* Ich aber sage: Zwetschgenröster sind kein Kompott.

Neugröschl: Meinetwegen.

Kalterer: Sie sagen jetzt gar nichts, bis ich sage, was Sie zu sagen haben. Ober, bringen Sie mir Zwetschgenröster. *(Der Ober verschwindet.)* Die Zeit ist vorbei, als Zwetschgenröster noch ein Kompott waren. Alsdann. Nun stehen Sie auf und sagen Ihren Gästen klar und deutlich: Zwetschgenröster sind kein Kompott.

Neugröschl: *(achselzuckend)* Zwetschgenröster sind kein Kompott.

Kalterer: Und wer Zwetschgenröster als Kompott verkauft, ist ein jüdischer Betrüger. Sagen Sie das.

Neugröschl: Das sag ich nicht.

Kalterer: *(schlägt ihn)* Wirds? Wo bleiben die Zwetschgenröster?

Neugröschl: Glauben S', die haben wir in den Konserven?

Kalterer: Halt dein Schandmäu. Du wirst mich noch kennen lernen.

Es ist vollkommen still im Lokal. Alle schauen in ihre Teller oder in ihre Gläser, versuchen nicht aufzufallen. Kalterer stolziert zwischen den Tischen. Der Ober bringt die Zwetschgenröster. Ein Teller am Boden wird damit angefüllt.

Kalterer: Aufschlabbern ohne Händ, Neugröschl. Und wenn ich klatsch, rufst du: Zwetschgenröster sind kein Kompott.

Neugröschl: Kisch mir den Tuches.

Kalterer winkt den Polizisten. Die schlagen mit den Knüppeln auf ihn ein und ihn zusammen. Zwei nehmen den blutenden und nahezu bewusstlosen Neugröschl und schleifen ihn auf die Gasse.

Kalterer: Du bist mein Gast. Ein schöner Keller am Morzinplatz. Werden wir ja sehen, ob du die Zwetschgenröster frisst.

Neugröschl wird fortgebracht.

Kalterer: *(wendet sich an die schweigenden Gäste im Lokal)* Es gibt noch viele, die Zwetschgenröster für ein Kompott halten. Ich kenne sie alle!

Dunkel.

9.

Film Theresienstadt, Set Elendsquartier. Zwei, drei Stockbetten, in denen mehrere liegen, im Vordergrund eine Mutter mit krankem Kind. Kamera im Hintergrund kurz vor dem Dreh. Maske, Garderobe laufen noch rum, nesteln an diversen Statisten. Willy Klang und der alte Häftling sitzen nebeneinander und haben laut Drehbuch düster vor sich hinzuschauen. Ein Junger soll auf einer Flöte schwermütige Melodien blasen.

Willy Klang:

Und es ging, du weißt es,
Schlag auf Schlag.
Kultusgemeinde zugesperrt,
Friedmann und Stricker verhaftet,
Chaos,
Wilde Plünderungen,
Transporte nach Dachau,
Politische
Insrige.

Alter Häftling: Mir brauchst du das nicht erzählen. Erinnere dich, ich war ja dabei.

Willy Klang:

Schlag auf Schlag,
Kultusgemeinde wieder aufgesperrt.
Viktor Leonhardt die neue
Große Nummer bei uns. Bei denen
Kommt aus Berlin
Ein kleiner Beamter vom SD,
Herr Reinhold Linde.

Regieassistent: Fertig machen zum Dreh.

Alles verstummt und erstarrt.

Stimmen: Ton ab. Kamera läuft. Los.

Die Kamera fährt an den Elendsjuden langsam vorbei. Der Junge mit der Flöte spielt ziemlich falsch seine traurige Melodie. Langsam Dunkel.

10.

Bürozimmer. Linde im Hemd, steht vom Schreibtisch auf, geht herum.

Linde: *(im Selbstgespräch)* Endlich da. Reinhold, das ist deine Schanze, das ist verdammt noch mal die Schanze. So eine Möglichkeit: Da spiel ich mich frei, da lös ich mich vom Aumann, Gestapo hin, Gestapo her. Heydrich sagte mir: Das ist Ihre Schanze, Linde. Bringen Sie eine Ordnung hinein, ein System. Jawoll. Wien wird eine Judenauswanderungsmusterstadt. Das mache ich. Das bin ich. Die Juden müssen alle weg. Ich bewerkstellige das. Ich mache es auf eine unverwechselbare Weise. Handschrift Linde. Mit meinen Lindenmännern. Mit diesen knorrigen Lindengesträuchen. *(Lacht auf.)* Kein schlechter Schachzug, die Judengemeinde wieder aufzumachen. Aumann hat nur geschaut. Gestapo hin, Gestapo her, Gestapo hintennach, so soll es sein, und Heydrich stärkt mich dabei. So eine Schanze.

(Geht zum Schreibtisch, sucht eine Liste, findet sie, liest:)

Viktor Leonhardt, Amtsdirektor der neuen lindischen Kultusgemeinde. Kaufen wir ihn uns. *(Läutet. Sekretärin kommt.)*

Dunkel.

11.

Die traurige Flötenmelodie verdichtet sich zum Judenelendsmotiv bei dunkler Bühne. Hernach nach dem Hellwerden Linde mit Krawatte hinterm Schreibtisch, Sekretärin. Herein kommen Leonhardt und Dunkelstein. Linde bleibt hinterm Schreibtisch sitzen. Die beiden bleiben folglich einige Schritte vor ihm stehen.

Linde: Ohne Umschweif. Ich bin Sturmbannführer Linde. Wer von Ihnen ist der Amtsdirektor?

Leonhardt will auf Linde zugehen, doch Linde wehrt mit einer schroffen Geste ab. Er bleibt stehen.

Leonhardt: Ich bin Doktor Viktor Leonhardt. Das ist mein Mitarbeiter Doktor Saul Dunkelstein.

Linde: Danke.

Linde versenkt sich in Papiere, lässt die beiden Männer vor sich stehen, fordert sie nicht auf, Platz zu nehmen. Die schauen sich an. Dunkelstein zuckt die Achseln und grinst. Leonhardt blickt eher bekümmert, Linde beobachtet das genau, indes er in Papieren blättert.

LEONHARDT: Herr Sturmbannführer, Sie haben mich ...

LINDE: Schweigen Sie. *(Stille.)* Ich habe Sie herbefohlen, Herr Doktor Leonhardt, um Ihnen ohne Umschweif Folgendes mitzuteilen: Veranlassen Sie, dass binnen vierzehn Tagen vierzigtausend Juden zusammengepackt haben und ausgereist sind. Benutzen Sie Ihren beträchtlichen Apparat, den ich Ihnen wieder geöffnet habe, damit das schleunigst und ohne Umschweif geschieht.

LEONHARDT: Herr Sturmbannführer, das ist vollkommen unmöglich.

Linde springt auf, geht um den Schreibtisch herum und versetzt Leonhardt eine Ohrfeige. Diese Ohrfeige wird mit einem peitschenähnlichen Musikton begleitet, sofort darauf ein zweiter, eine kleine Terz tiefer. Dieser Akkord wird als Judendemütigungsakkord immer wieder vernommen werden.

LINDE: Halten Sie das Maul, Sie alter Scheißsack.

Leonhardt bedeckt für einen Moment sein Gesicht. Dunkelstein zieht ein Taschentuch hervor, aber Leonhardt wehrt ab, stellt sich in Positur, als wäre nichts vorgefallen, wartet mit Blick zum Boden, indes Dunkelstein den Sturmbannführer fixiert.

LINDE: Bis morgen vierzehn Uhr erwarte ich hier Ihre diesbezüglichen Vorschläge. Abtreten. Übrigens, die Vorschläge will ich als Exposé haben. Weg!

Dunkel.

12.

Zimmer acht in der Israelitischen Kultusgemeinde. Leonhardt und Dunkelstein, beide hält es nicht in den Sesseln, sie gehen herum.

Leonhardt: ... was ist zu tun, was ist zu tun. Es ist doch unmöglich, ich kann doch nicht in vierzehn Tag. Allein die diversen Ämter, wie soll das gehen. Saul, wir sind am Ende.

Dunkelstein: Wir sind am Beginn, Herr Direktor.

Leonhardt: Wie sollen wir in vierzehn Tag ...

Dunkelstein: Unsinn. Nix mit vierzehn Tag.

Leonhardt: Bleibt mir Dachau und Ihnen auch womöglich. Doch was geschieht dann mit der Gemeinde?

Dunkelstein: Herr Direktor, setzen Sie sich her. Und nehmen Sie die Ohrfeige nicht so schwer.

Leonhardt: Ah was, die Ohrfeige, was reden Sie denn da?

Dunkelstein: Ich red frei heraus, auch wenn es nicht so jedem schmeckt. Mit mir, Herr Direktor, ist leider, leider nicht gut Kirschen essen. Sagt meine Frau, die muss es wissen.

Leonhardt: Glauben Sie, das weiß ich nicht? In jüngster Zeit sind Klagen über Klagen hereingekommen. Sie klagen nicht über die Nazis, sondern Ihr rüder Ton und Ihr – gelegentliches – Schreien geht etlichen der Mitarbeiter auf den Geist. Ich werde Ihnen nicht sagen, Sie sollen sich mäßigen.

Dunkelstein: Ich hab mich eh gemäßigt. Ich bin sehr beherrscht. Doch, Herr Direktor, das Maß der Torheit übersteigt, was ich in Ruhe anschauen kann. Ich kann noch immer, hoffe ich, nach Sankt Gallen gehen als Rabbiner. Da werden mich die Juden lieb haben.

Leonhardt: Sie glauben, die Juden in Sankt Gallen haben jemand lieb? *(Pause.)* Was ist zu tun, Herr Doktor?

Dunkelstein: Das werde ich Ihnen sagen, Herr Direktor. *(Es klopft an der Tür. Brüllend:)* Draußen bleiben! Mit diesem Linde ist zwar gar nicht Kirschen essen. Doch müssen wirs. Er selber muss Vorleistung bringen, wenn wir machen die Auswanderung für ihn.

Leonhardt: Wird er nicht tun.

Dunkelstein: Er wird es tun im eignen Interesse. Er ist noch eine geringe Nummer bei den Nazigrößen. Er hat bissl Hebräisch gelernt beim Judenreferat in Berlin. Er ist ein Mechaniker und hat Schrauben im Kopf. An denen müssen wir drehen, Herr Direktor. Wir müssen aus der kleinen Nummer Linde ein Ass machen, eine Koryphäe.

Leonhardt: Eine Koryphäe des Mordens?

Dunkelstein: Das sind die schnell und alle, wie sie gehen und walten. Wir haben endgültig nichts verloren hier. Auswanderung ist Rettung, Sie wissen es, die meisten Juden draußen wissen das noch nicht. Sie glauben, auf Sturm folgt Sonne und so ein Schmarrn.

Leonhardt: Ists ihnen zu verdenken, dass sie hoffen?

Dunkelstein: Und ob es ihnen zu verdenken ist. Die Hoffnung ist ein lebensgefährlicher Blödsinn. Auswanderung ist Rettung, auch unsre Gemeinde muss das jetzt kapieren. Und Linde wird verstehen, dass er nur mit uns aufsteigen kann bei seinem Mordverein. Aufsteigen, glänzend und unaufhaltsam.

Leonhardt: Jetzt ist Ihr Mund sehr voll.

Dunkelstein: Mein Maul ist grad so voll wie nötig, hören Sie zu: Wir machen aus dem Ganzen hier ein Reisebüro, ein einziges Reisebüro. All unsre Aktivität kennt ein Ziel: Ausreise. Legal. Illegal.

Leonhardt: Nicht illegal nach Palästina.

Dunkelstein: Auch das, Herr Direktor. Drei Schwerpunkte: erstens Ausreise, zweitens Ausreise, drittens Fürsorge mit allem Drum und Dran. Nix sonst.

Leonhardt: Unsinn, Saul. Die anderen Aufgaben dürfen nicht vernachlässigt werden.

Dunkelstein: Doch, Viktor Leonhardt. Dem einen Ziel alles unterordnen. Benützen Sie den Kopf. Was gibt es sonst?

Pause.

Leonhardt: Ich sehe, die Leute haben Recht. Sie sind ein zu grober Klotz. So geht das nicht. Doch gesetzt den Fall. Sie sprachen von Vorleistung durch den Sturmbannführer?

Dunkelstein: Aufhören müssen die Rennereien von Amt zu Amt. Siebzehn Bescheinigungen intern. Der Botschaftskram mitsamt den Visamodalitäten, ganz verschieden je nach Land und Laune des hiesigen Personals. Die Korruptionsfalle. Unberechenbarkeiten. Nein, Linde muss alles auf einen Platz packen. Er möchte die Gestapo ausschalten, wir müssen mit Hilfe einer neuen Stelle versuchen, aus der Vertreibung eine geregelte Auswanderung zu machen. Da geht der Jud von Schalter zu Schalter. Rein geht er mit allem, was er hat daheim, dann erwirbt er drinnen alles, was er braucht, raus geht er ...

Leonhardt: ... mit nichts.

Dunkelstein: Nicht mit nichts. Mit Visum, gültigen Papieren und kann sofort verschwinden. Darüber gehts nicht.

Leonhardt: *(steht auf)* Hiebei sollen wir ihm helfen, hiebei? Und wird er das so wollen?

Dunkelstein: Er wird uns kuschen auf den Toches. *(Lacht freudlos.)*

Es klopft.

Dunkelstein: *(brüllt)* Hereinkommen!

Dunkel.

13.

Bürozimmer Linde. Leonhardt und Dunkelstein stehen wie in 11. vor dem Schreibtisch. Linde dahinter.

Linde: Nehmen Sie Platz. Sie haben das Exposé mit. Geben Sie her.

Leonhardt: Darf ich was dazu bemerken, Herr Sturmbannführer?

Linde: Immer los, Herr Doktor. Frei von der Leber. Möchte wohl wissen, was ihr zu eurer Lage zu sagen habt.

Leonhardt: Herr Sturmbannführer, bei uns herrscht Angst und Schrecken. Fünftausend unsrer besten Leute wurden nach Dachau geschickt. Die Menschen werden beraubt, geschlagen, Selbstmorde immer wieder ...

Linde: Das muss so sein. Ihr Juden liebt doch dieses Wien. Wie soll man euch zum Abhauen bringen. Verstehen Sie, Herr Doktor. Der Terror ist notwendig. Mir wärs auch lieber, ihr wandert freiwillig und schleunigst aus, und basta.

Dunkelstein: Sturmbannführer! Die ausreisewilligen Juden, die vor den Botschaften seit Tagen Schlange stehn, werden verprügelt von HJ, SA, vorbeilaufenden Wienern, wie es denen gefällt. *(Grob:)* Die Nationalsozialisten sollten sich entscheiden, ob sie die Juden quälen oder rausschmeißen wollen, mit Verlaub.

Linde: *(versonnen)* Sprechen Sie weiter so, Dunkelstein. Ich liebe klare Sprache.

Leonhardt: Darf ich vorschlagen, Herr Sturmbannführer, dass wir vereinfachen und vereinheitlichen die Ausreise. Ein Platz, wo alle Ämter, die nötig sind, um das Procedere zu erledigen, Außenstellen einrichten, dass die Juden von Schalter zu Schalter geleitet werden können ...

Linde: *(lauernd)* Sie meinen eine Zentralstelle für Auswanderung?

Leonhardt: Jawoll. Wir sorgen für die Willigkeit auch ohne Terror, Sie ermöglichen die Ausreise reibungslos.

Linde: Ohne Umschweif. Das wollen Sie? Das ist in Ihrem Interesse? Oder mögen das bloß die Zionisten, die andern klammern sich hier fest, trotz allem?

Dunkelstein: Assimilanten, Getaufte, Orthodoxe, Deutschnationale, Arme, Reiche, Junge, Ältere. Wir arbeiten aus, dass alle gehen.

Leonhardt: Bis auf die Kranken und sehr Alten. Die müssen weiterhin befürsorgt werden.

Linde: Von denen später. *(Steht auf, geht zum Fenster:)* Das steht alles in diesem Exposé?

Leonhardt: Das haben wir nicht gewagt vorzuschlagen.

Linde: Nicht gewagt? Es ist ganz in meinem Sinne. Nehmt das Zeug mit und bringt mir binnen einer Woche oder früher ein ausgearbeitetes neues Exposé. Machen Sie mutig Vorschläge für die Zentralstelle, ich werde das befürworten. In unserer Bewegung, ich gebe es zu, gibt es da und dort Kräfte, die euch Juden am Boden haben wollen, nachdem sie so lang an euch gelitten. Ich will euch draußen haben, nicht unbedingt am Boden, oder nur, wenn es nötig ist. Je schneller Sie verschwinden, desto geringer der Terror. *(Lächelt.)* Vor allem für die, welche verreisen, auf Nimmerwiedersehen.

Leonhardt: Jawoll. Wird gemacht.

Linde: *(pflanzt sich vor Leonhardt auf)* Und noch was. Sie, Herr Doktor Leonhardt, sind nun für mich der Chef der ganzen hiesigen Judenheit. Mir unterstellt, sonst niemand. Weg mit euren Parteien, Fraktionen, Zänkereien. Für mich zählen Sie, Sie sind der Judenführer sozusagen hier. Sonst ist mir keiner maßgeblich, und Sie verantworten mir auch die ganze Judengemeinde. Die Israelitische Kultusgemeinde heißt Leonhardt. Abtreten.

(Gibt dem überraschten Leonhardt die Hand.) Auf Wiedersehen, meine Herren.

Leonhardt und Dunkelstein ab. Linde wählt eine Nummer.

Linde: *(ins Telefon)* Berlin? Linde, Heitler. Verbinden Sie mich mit Gruppenführer Doktor Gunther. Heitler Gruppenführer, hier Linde. *(Lauscht.)* Gruppenführer, die Sache mit der Zentralstelle, unser Ding, lässt sich besser an als erwartet. Die Judengemeinde hier ist ganz von selbst angetanzt kommen, hat sich am Boden gewälzt, um eine Zentralstelle zu erflehen. *(Lauscht.)* Jawoll, Gruppenführer, jetzt machen wir uns breit. Ich halte mir den Aumann vom Leib, der hat nix zu vermelden bei der Auswanderung. Könnten Sie, Gruppenführer, in Berlin bei Heydrich ... *(Lauscht.)* oh beim Reichsführer SS, großartig. Jawoll, Gruppenführer, das ist meine Schanze. *(Lauscht.)* Heitler, Gruppenführer. *(Legt auf.)* Wien, Wien nur du allein. *(Pause.)* Nicht nur du allein. *(Legt die Beine auf den Schreibtisch.)*

Dunkel.

14.

Esther Rebenwurzel in der Kultusgemeinde hinter dem Schreibtisch. Der ist vollgeräumt. Pantomimische Darstellung als Fürsorgerin vormittags beim Parteienverkehr. Verzweifelte stehen vor ihr, sie spricht auf sie ein, telefoniert, geleitet hinaus.

Antijüdische Massnahmenkavalkade: *(Lautsprecher, sachlich)*

26. April 1938:

1. Jeder Jude hat sein gesamtes in- und ausländisches Vermögen nach dem Stande vom Tage des Inkrafttretens dieser Verordnung anzumelden und zu bewerten.
2. Trifft auch die nichtjüdischen Ehegatten.

19.5.1938:
Juden sind als Zeugen bei der Eheschließung von Deutschblütigen auszuschließen.

1.6.1938:
Jüdische Schulen erhalten keine Steuerbefreiung.

9.6.1938:
Juden sind als Gasthörer auf Universitäten ausgeschlossen.

6.7.1938:
Änderung der Gewerbeordnung
Juden und jüdischen Unternehmungen ist der Betrieb nachfolgender Gewerbe untersagt:
Bewachung,
Auskunftserteilung über Vermögensverhältnisse und persönliche Angelegenheiten,
Handel mit Grundstücken,
Makler, Hausverwaltungen,
Heiratsvermittlung, außer unter Juden,
Fremdenführer.
Übrige Gewerbetreibende dürfen zwecks Abwicklung für drei Monate weiter das Gewerbe betreiben.
Keine Entschädigung.

6.7.1938:
Ausschluss vom Schöffendienst.

16.7.1938:
Juden dürfen keine Einquartierungen erhalten.

23.7.1938:
Kennkartenzwang.

25.7.1938:
Die Approbationen jüdischer Ärzte erlöschen am 30.9. Statt Arzt Krankenbehandler.

27.7.1938:
Entfernung jüdischer Straßennamen.

17.8.1938:
Die in dem Gesetz den Schuldnern gewährte Erleichterung bei der Begleichung alter Schulden wird für Juden ausgeschlossen.

17.8.1938 (gilt ab 1.1.1939):
Juden dürfen nur solche Vornamen beigelegt werden, die in den vom RM des Inneren herausgebrachten Richtlinien von Vornamen angeführt sind. Sonst Israel, Sara.

27.8.1938:
Jüdische Rechtsanwälte scheiden bis zum 30.11. aus.

28.9.1938:
Jüdische Krankenpfleger dürfen nur Juden behandeln.

Esther: *(ins Publikum)* Jetzt habe ich als Fürsorgerin der Kultusgemeinde so ein Leben: Ich habe einen nicht so kleinen Sprengel zu betreuen. Leopoldstadt, Brigittenau und Floridsdorf. Ich muss auch schauen auf alle Jugendheime. Jetzt habe ich hier in der Kultusgemeinde Parteienverkehr. Klagewartin bin ich. Was kann ich tun. Ich kann nichts tun. Ich muss alles tun. Ich will alles tun.

Die Pantomime von vorhin setzt sich kurz fort, erstarrt. Willy Klang am Holztisch im Wartesaal, junger Häftling, Raffi.

Willy Klang: Sie hatte so ein Leben: Die jüdische Administration verfügte immerhin über ein Heim für Säuglinge. Doch Esther bekam keine Vollmilch. Zwei Bäcker in Währing erklärten sich bereit, der Esther Rebenwurzel jeden Tag illegal zwei Zehnliterflaschen Vollmilch und zwanzig Kilo Brot zu überlassen.

Lautsprecher: Illegal.

Willy Klang: Sie musste jeden Tag um fünf Uhr früh nach Währing fahren und dann das Lebenszeug in die Leopoldstadt tragen, bevor überhaupt ihr Dienst begann.

Lautsprecher: Unter Lebensgefahr.

Willy Klang: Die Gestapo durfte nicht erfahren, woher sie die Lebensmittel erhalten hatte.

Pause. Musik.

Nachmittags machte Esther ihre Hausbesuche, abends ging sie in die diversen Jugendheime, um mit den Kindern das Nachtmahl einzunehmen, sie zu waschen und zu Bett zu bringen. Sie war Vormündin von zweihundertdrei außerehelichen jüdischen Kindern.

Raffi: Wie das? Absurd! Wie das?

Willy Klang: Die Stadt Wien hatte deren Vormundschaft niedergelegt. Arische Stadt geht jüdische Kinder nix an. Die Gemeinde Wien übertrug alle jüdischen Kinder der Kultusgemeinde. Deren Institutionen waren überfüllt, aber der Esther gelang es, ihre Mündel in den verbliebenen Häusern der Kultusgemeinde unterzubringen.

Ende der Musik.

Esther Rebenwurzel belieferte zudem die jüdischen Gefangenen, die nach dem „Anschluss" verhaftet wurden, mit Nahrung und Wäsche. Später schickte sie denen, die in die Konzentrationslager verschleppt wurden, Pakete zu. *(Zu Raffi:)* Das war eine Heldin.

Dunkel.

15.

Jüdische Gemeinde. Zimmer von Esther Rebenwurzel. Eine Frau vor ihr, sie hinter dem Schreibtisch.

Jüdische Frau: Ich weiß nicht mehr weiter. Mein Mann ist in Dachau. Ich bin allein mit einem fünfjährigen Mädl. Ich hab niemand, der mich unterstützt. Wie soll ich die Spitalskosten für meine inzwischen verstorbene Mutter ... *(Schluckt.)* Verzeihen Sie. Ich kann die Kosten nicht aufbringen.

Esther: Wieviel müssen Sie noch bezahlen?

Jüdische Frau: Hundertelf Reichsmark. Ich arbeite nämlich in der Notausspeisung. Ich verdien achtundfünfzig Reichsmark. *(Monoton:)* Miete RM 25, Spitalskosten monatlich à conto fünf, muss aufkommen für Licht, Strom, Heizung, Wäsche. Ich kann mir keine Lebensmittel kaufen, auch nicht für meine Tochter. *(Schreit:)* Soll ich sie töten und dann mich? Und was sagt die Kultusgemeinde dazu?

Esther: Füllen Sie das aus. *(Reicht ihr ein Formular.)* Wir übernehmen diesen Restbetrag der Spitalskosten.

Die Frau beginnt das Formular auszufüllen. Schweigen. Plötzlich hält sie inne, ergreift Esthers Hand und küsst sie. Esther nimmt sanft ihre Hand weg.

Esther: Ach, lassen Sie das.

Die Frau unterschreibt das Formular, geht. Ein vierzehnjähriges Mädchen kommt herein.

Junges Mädchen: Mein Vater ist ... man hat uns ein Telegramm geschickt, ich hab das Telegramm abgefangen, damit meine Mutter nichts erfährt. Sie ist so krank, sie hat es so mit den Nerven, ich habs halt abgefangen, ich hab es abfangen müssen.

Esther: Was steht denn in dem Telegramm?

Junges Mädchen: Der Tate ist tot. Er ist in Dachstein. Sie haben ihn nach Dachstein gebracht. Jetzt ist das Telegramm gekommen. Er ist nicht mehr. Mutter darf das nicht erfahren. Sie stirbt ihm sofort nach. Das darf nicht sein.

Esther: Still. Ss. Was soll ich für dich tun?

Junges Mädchen: Sie schicken uns die Urne zu mit der Asche. Die Urne kommt mit der Post. Wie soll ich geheim halten vor der Mama? Meine Schwester und ich wollen nicht, dass ...

Esther: Ihr wollt also in ein Heim, um von dort aus das Begräbnis ...

Junges Mädchen: *(nickt)* Es muss ja nicht für lang sein. Nur fürs Begräbnis, und dann im Heim Schiwe sitzen können.

Esther: Und die Mama soll das wirklich nicht mitbekommen?

Junges Mädchen: *(schreiend)* Bitte nicht, bitte, bitte.

Dunkel.

16.

Leonhardt im Büro der Gestapo. Der Leiter für Judenangelegenheiten Aumann.

Leonhardt: Herr Obersturmbannführer. Nahezu alle Einrichtungen von uns sind verboten worden und werden nun liquidiert.

Aumann: Ganz recht. Alles wird liquidiert. So ist es nunmal. Finden Sie sich damit ab. Seien Sie froh, dass wir Ihnen Ihre Kultusgemeinde lassen. Im Altreich siehts anders aus. Was wollen Sie also!

Leonhardt: Die Konten der liquidierten Vereine sind eingefroren. Wir können unsere Fürsorgeeinrichtungen ...

Aumann: Dem Juden geht das Geld aus? Was macht denn dann der Jud? Hat der Jud keine Freund unter den Juden?

Leonhardt: Herr Obersturmbannführer, könnten Sie nicht veranlassen, dass die Gelder der eingefrorenen Konten flüssig gemacht werden? Wir benötigen ...

Aumann: Sie benötigen, Sie benötigen. Immer nur fordern. Nix leisten. *(Pause.)* Außerdem, dafür ist der Stillhaltekommissar zuständig. Gehen Sie zu Sturmbannführer Linde. Das ist seine Sache.

Leonhardt: Ich komme soeben vom Sturmbannführer. Er sagt ...

Aumann: Was sagt er? Was sagt er? Er sagt, Sie sollen zur Gestapo kommen? Raus mit Ihnen!

Dunkel.

17.

Büro Linde. Dunkelstein vorm Schreibtisch des Linde, der dahinter.

Dunkelstein: *(forsch)* ... und wozu schicken Sie uns im Kreis? Wer ist denn zuständig für die eingefrorenen Gelder? Herr Sturmbannführer. Die Auswanderung ist gefährdet. Wenn wir unsere Leut nicht versorgen können bis zur Abreise ...

Linde: Kommen Sie nicht schnorren zu uns, Dunkelstein. Das Weltjudentum wird euch doch nicht hängen lassen, oder wie seh ich das?

Dunkelstein: Der Joint verlangt Garantien, dass die Gelder auch uns zur Verfügung stehen und nicht der Deutschen Reichsbank. Kann ich verstehen. Ich würde auch so denken, wenn ich in London sitze.

Linde: Jajaja, darüber lässt sich reden. Fahren Sie nach London und holen Sie Gelder. Wenn sie zur Ausreise dienen, sollen Sie sie haben.

Dunkelstein: Was nützt mir das? Kranke und Halbtojte können nicht ausreisen? Die Fürsorge ist am Ende, Sie wissen das.

Linde: Wie sagen Sie? Halbtojte? Ist das Jiddisch? Heißt es nicht auch: A goiter Jid is a tojter Jid?

Dunkelstein: Sturmbannführer, Sie meinen a giter Jid is a tojter Jid.

Linde: Richtig, so heißt es, das meine ich. *(Er steht auf, pflanzt sich vor Dunkelstein.)* Aber ich mag euch ja gar nicht totmachen. Neinnein, keine Furcht. *(Setzt sich wieder.)* Wenden Sie sich an den Stillhaltekommissar Hauptsturmführer Brauner. Abtreten.

Dunkelstein: Mit Ihrem Wohlwollen?

Linde: Jawoll, mit meinem Wohlwollen. Gehen Sie schon. Halten Sie mich nicht auf. Moment! Was ist denn auf Jiddisch das Gegenteil von tojt?

Dunkelstein: Lebedik, Sturmbannführer, lebedik.

Linde: Aha. Lebedik. Merken Sie sich das: Nur ä oisgewanderter Jid is ä lebediker Jid.

Dunkelstein: Jawoll, Sturmbannführer.

Dunkel.

18.

Wohnung alter Schwarz. Er, seine Tochter Theres. Später Gestapobeamter und Hausherr.

Theres: Mein Hausherr, Papa, hat mir vierundzwanzig Stunden gegeben, dann muss ich die Wohnung verlassen haben und ihm den Schlüssel übergeben haben.

Der alte Schwarz: Und jetzt kommst du zu mir?

Theres: Ich kann nirgendwo mehr hin! Die Arbeit in der Apotheke ist mir schon gekündigt worden. Ich habe mich angemeldet zur Alija und zur Ausbildung in einer Hachschara im Waldviertel. Bis dahin muss ich zu dir, Papa, ungern, wie du dir denken kannst.

Der alte Schwarz: Alles verreist, Thesi. Die Welt ist eben aus den Fugen, na so was. Und jetzt kommst du zu mir?

Theres: Träumst du? Überall werden die Unsrigen aus den Wohnungen geschmissen. A Wunder, dass sie dich nicht behelligt haben.

Der alte Schwarz: Es ist schwer, a Bridgerunde zusammenzukriegen. Am End werd ich wieder mit dir spielen müssen.

Theres: *(auflachend)* Was Ärgeres sollt uns nicht blühen.

Der alte Schwarz: Ossi Klang liegt seit Neuestem im Spital, weiß ich, was er hat. Soll auf Kur fahren. Warschowitz will unbedingt nach Palästina. Sind alle meschugge geworden. Wollen alle Bauern werden und auf Pferden sitzen.

Theres: Von Wollen kann ka Red sein, Papa. Ist dir nicht gut. Was redest du denn da?

Der alte Schwarz: *(versonnen)* Aber der Moskowitz bringt mir Ersatz für die Bridgepartie nächste Woche. Man hat ja sonst nichts mehr vom Leben. *(Zündet sich eine Zigarette an, pafft und lächelt.)*

Theres sieht ihn fassungslos an, schweigt aber. Klopfen an der Tür. Theres öffnet, kommt mit Gestapobeamten und Hausherrn herein.

Gestapobeamter: Philipp Schwarz?

Der alte Schwarz: Bin ich.

Gestapobeamter: Sie räumen die Wohnung bis morgen acht Uhr früh. Die Schlüssel gehen an den Herrn Sykora.

Der Hausherr nickt. Hitlergruß. Der Gestapobeamte verschwindet, nachdem er dem Hausherrn und dem alten Schwarz ein Papier überreicht hat.

Hausherr: Tut mir leid, Philipp. Die Zeiten haben sich geändert. Jetzt brauch ich die Wohnung. Ihr müsst sowieso alle bald in den zweiten Bezirk zusammenziehen, hab ich gehört.

Der alte Schwarz: Herr Sykora, verpesten Sie mir durch Ihre bloße Anwesenheit nicht die Luft. Raus! Raus!

Hausherr: *(wütend)* Raus, Herr Schwarz. Raus!

Der alte Schwarz: Raus! Verlassen Sie meine Wohnung!

Hausherr: Sie verlassen meine Wohnung! Raus!

Theres: Morgen früh, Herr Sykora. Morgen früh.

Hausherr: Keine Minute später, Frau Theres. *(Ab.)*

Der alte Schwarz: *(lässt sich in seinen Sessel fallen)* Ist alles Kismet. Ich bleib da sitzen. Ich geh nicht nach Gastein.

Theres: *(am Telefon, wählt)* Kultusgemeinde? Das Wohnungsamt.

Dunkel.

19.

Gleiche Szene. Der junge Willy Klang und zwei andere Juden helfen beim Packen.

Der alte Schwarz: *(verträumt)* Wie gehts deinem Vater, dem guten alten Ossi? Ist er gut aufgehoben?

Der junge Willy Klang: Sie haben keinen Begriff davon, wie überfüllt das Rothschildspital heutzutag ist. Es gibt nur noch verletzte Juden, kommt mir vor. Er hats gut, Philipp, er ist als Arzt ein bissl besser dran.

Der alte Schwarz: Was hat er denn, der gute alte Ossi?

Der junge Willy Klang: Herzinfarkt.

Der alte Schwarz: Ojegerl. Und erfängt er sich?

Der junge Willy Klang: Das hoff ich.

Der alte Schwarz: Dass er mir nächste Woche beim Bridge wieder à jour ist!

Theres: *(zu Klang)* Wo können wir denn hin?

Der junge Willy Klang: Haidgasse 4. Wird a bissl eng werden, Theres.

Der alte Schwarz: *(lächelnd)* Die Thesi geht eh weg. Nach Palästina, stellts euch vor. Wird sitzen am Pferd, statt Bridge spielen. Freut mich für dich. *(Pause.)* Wann reist du ab?

Theres: Das weiß ich doch noch nicht, Papa.

Der alte Schwarz: Hast du gehört, Willy? Das weiß sie nicht? Was weißt du denn schon, Thesi, mein Kind? Na was?

Dunkel.

20.

Sprechstunde Dunkelstein. Dunkelstein im Zimmer acht. Auf dem Schreibtisch ein Globus. Vor ihm Blum, ein Bittsteller.

Blum: Ich möchte mich schon im Vorhinein bedanken, Herr Doktor Dunkelstein, dass Sie mich vorgelassen haben, um mir Ihre kostbare Zeit ...

Dunkelstein: Kein Gesäusel, Herr Blum. Tacheles. Um was gehts?

Blum: Ich bin über sechzehn Jahre in der Zeitungs- und Reklamebranche tätig gewesen. Nun habe ich durch die Gleichschaltung der Wiener Tagespresse meine Existenz verloren. Ich habe nichts, Herr Doktor, effektiv gornischt, also keinerlei Einkünfte ...

Dunkelstein: Was kommen Sie zu mir? Die Fürsorge ist den Gang runter im zweiten ...

Blum: Ich bin doch nicht zu befürsorgen? Ich kann ja arbeiten. Ich möchte Sie doch bloß um Folgendes bitten. Überlassen Sie mir täglich die Namen und Adressen der angemeldeten Todesfälle, damit mir durch Entgegennahme und Unterbringung der Parten in der Zeitung Neue Freie Presse ein bisschen Verdienstmöglichkeit geboten wird. Ich bin doch im Besitze des diesbezüglichen Gewerbescheines und erlaube mir zu bemerken, dass der Besitzer dieser Zeitung sich grundsätzlich damit einverstanden erklärt hat.

Dunkelstein: Ausgeschlossen.

Blum: Ich bin immerhin ehemaliger Frontkämpfer und als solcher Reserveleutnant. Ich besitze, Herr Doktor, die silberne Tapferkeitsmedaille Erster Klasse, die Verwundetenmedaille und andere Kriegsdekorationen.

Dunkelstein: Zum Krenreiben.

Blum: Hören Sie doch zu. Ich habe meine älteste Schwester, die erwerbstätig war, verloren, denn sie hat sich der heutigen Zeit nicht stellen mögen und hat sich erhängt. Ich muss allein für meine fünfundachtzigjährige Mutter und eine weitere Schwester sorgen, zu schweigen von meiner eigenen Frau und meiner halbwüchsigen Tochter.

Dunkelstein: Sie müssen zur Fürsorge gehen, Herr Blum, hören Sie nicht?

Blum: Ja, warum helfen S i e mir nicht? Ist das zu viel verlangt? Sie sind doch ein Rabbiner?

Dunkelstein: Es ist ganz wurscht, was ich bin. Gehen Sie zur Fürsorge.

Blum: *(verbeugt sich)* Schönen Dank, Herr Doktor Dunkelschwein.

Geht mit raschen Schritten zur Tür, öffnet sie und schließt sie leise. Im nächsten Moment fällt ein Schuss. Dunkelstein, welcher dem Blum verärgert hinterhergesehen hatte, fährt auf. Er erhebt sich, geht zur Wand und schlägt mit aller Wucht die Fäuste dagegen. Der junge Willy Klang stürzt herein.

Der junge Willy Klang: Herr Dunkelstein. Kommen Sie. Um Gottes Willen.

Dunkelstein: Bin ich ein Doktor? Ruf einen Arzt, Willy.

Der junge Willy Klang verschwindet. Rumoren vor der Tür. Stimmen.

Musik setzt ein, das Judendemütigungsmotiv.

Dunkel.

21.

Gleiches Zimmer. Der junge Willy Klang zusammengesunken bei Dunkelstein, der geht auf und ab, ist laut. Die Musik verstummt.

DUNKELSTEIN: Ich konnte prinzipiell seiner Bitte nicht entsprechen.

DER JUNGE WILLY KLANG: *(schluchzend)* Was sind das für große Prinzipien.

DUNKELSTEIN: *(brüllt)* Das ist doch nicht von mir, du Kindskopf. Jüdische Todesfälle dürfen doch in der Einheitspresse nicht annonciert werden. Es soll doch kein Mitgefühl in der österreichschen Bevölkerung geschürt werden.

DER JUNGE WILLY KLANG: Was?

DUNKELSTEIN: Was was was was! Als ob dieses Pack da draußen jemals Rachmones mit uns gehabt hat. Bei jedem Inserat hätten s' eh „wieder einer weniger" gedacht. *(Setzt sich hinter seinen Schreibtisch.)* Ich muss mich doch, wie wir alle, an die Anordnungen halten. Wenn ich mich nicht dran halte, aber das vergisst du mir gleich wieder, muss es sich auszahlen.

DER JUNGE WILLY KLANG: Auszahlen? Wie meinen Sie das?

DUNKELSTEIN: Rettung. Rettung, nicht Almosen. Nicht Sentimentalitäten.

DER JUNGE WILLY KLANG: Aber dieser Inseratenhändler Blum hätte doch ...

DUNKELSTEIN: Was hätt er? Eine Anordnung nicht befolgt hätt er und wäre kassiert worden. Und wir auch.

DER JUNGE WILLY KLANG: Aber wieso Sentimentalitäten?

DUNKELSTEIN: Weil er sich festklammert an diese Wienerstadt. Ausreisen muss er wollen, alte Mutter hin oder her. Festklammern ist Sentimentalität.

DER JUNGE WILLY KLANG: Und sich erschießen auch.

DUNKELSTEIN: *(brüllt)* Und sich erschießen auch. *(Leise:)* Die Mörderbande überleben muss man. *(Steht auf.)* Was ist, Willy, hast du nichts zu tun?

Dunkel.

22.

Überfülltes Rothschildspital. Stöhnen, Wimmern, hektische Aktivitäten übermüdeter Schwestern. Vater Klang, immerhin im eigenen Bett, aber überfüllten Zimmer, mit Schläuchen angetan. Der junge Willy steht vor ihm.

DER JUNGE WILLY KLANG: Was sagt der Doktor?

VATER KLANG: Sie sagen, was ich mir selber sag.

DER JUNGE WILLY KLANG: Papa.

VATER KLANG: Unkraut verdirbt nicht. Schau, Willy, ein kleiner Herzkasperl bringt doch einen Klang nicht um. Jetzt gfrett ich mich da einmal heraus. Zustände sind das hier. Da hats auch ein Jud schwer zu überleben. Was hast denn in der Hand?

DER JUNGE WILLY KLANG: Die Thora.

VATER KLANG: *(erwischt eine Schwester am Zipfel und sagt zu ihr)* Mein Herr Sohn bringt mir das Testament. Was sagen Sie zu dieser optimistischen Jugend? *(Lässt sie los, sie eilt weiter.)* Aber Willy! Bring mir morgen die Erzählungen von Schnitzler. Die laben.

Dunkel.

23.

10. November 1938, Reichspogromnacht, drei Uhr früh. Synagoge Seitenstettengasse. Innen verwüstet, aber nicht angezündet. Linde allein, geht umher und schlägt wütend mit einem langen Stock auf Bänke, bohrt in Vorhänge, wirbelt Stoffe durch die Luft. Später Dunkelstein.
Setzt sich kurz, schlägt weiter mit dem Stock gegen den Boden.

Linde: Man sollte die Scheißjuden einfach austilgen ohne Umschweif, damit die Welt endlich zur Ruhe kommt. Weg mit euch und eueren Klugsprüchen, eueren Weltherrschaftsgelüsten, weg mit der ganzen gottesmörderischen Mischpocke.
Geht wieder rum.
Da bau ich mir eine Position auf, bringe die Israelitenbagage auf Vordermann. An die achtunddreißigtausend Hebräer habe ich in kürzester Zeit eingepackt und weggesendet aus dem Reich. Es ging zackzack, wie am Schnürl, wie sie hier sagen.
Schlägt Kultgegenstände herunter.
Nichts geht wie an der Schnur, wenn wir jetzt Krach und Chaos machen. Sie haben es verdient, tausendmal, aber jetzt ist eine Unordnung herin, ich kann mir nur Wehgeschrei anhören, muss die alten Scheißsäcke womöglich noch beruhigen, damit ohne Umschweif wieder eine Ordnung in der Chose obsiegt. Hätte es nicht genügt *(sticht mit dem Stock in einen Tallit, wirbelt ihn durch die Luft, spießt ihn wiederum auf, nachdem der zu Boden gesunken war, um ihn wieder durch die Luft zu wirbeln)*, einige jüdische Herrschaften, sagen wir zweihundert, aufzuhängen? Dann wäre eh sofort Ruhe im Kartong gewesen, wir hätten eine angemessene Antwort gegeben auf den Pariser Anschlag.

Wer ist schon der Herr von Rath, dass mir jetzt die ganze Schanze kaputt geht wegen des verständlichen Volkszorns. *(Schleudert den Tallit wiederum durch die Luft.)*

Dunkelstein ist unbemerkt eingetreten, beobachtet den Reinhold Linde und räuspert sich. Linde fährt herum.

DUNKELSTEIN: *(mit kalter Wut)* Alle Synagogen brennen, Sturmbannführer.

LINDE: Halten Sie das Maul, Saul Dunkelstein, sonst können Sie gleich abgehen ins Konzertlager.

DUNKELSTEIN: Ist in Gottes Hand.

LINDE: Haben ein hübsches Lagerfeuer dargeboten eurem Gott.

DUNKELSTEIN: Und der Sinn und Zweck?

LINDE: *(zornig)* Ganz ohne Sinn und Zweck. Das ist es ja eben. Bringt uns alles durcheinander. Ich hätte ein paar von euch an die Wand gestellt ...

DUNKELSTEIN: Da bin ich, Sturmbannführer.

Linde starrt auf Dunkelstein, einen Moment sieht es so aus, als würde er auf ihn eindreschen, dann wendet er sich ab.

LINDE: Das bestimme immer noch ich. *(Beginnt wieder den Tallit durch die Luft zu wirbeln.)*

DUNKELSTEIN: Hören Sie schon auf. Lassen Sie den Gebetsmantel in Ruh.

LINDE: Ah, da blutet Ihnen das Rabbinerherz, das ja sonst aus Stein ist, wie ich von allen höre. Sie machen gute Arbeit, Saul. Ich bin mit Ihnen zufrieden, aber ...

DUNKELSTEIN: Hören Sie auf. Geben Sie mir den Tallit.

LINDE: *(erstaunt)* Was ist schon Besonderes an diesem Fetzen. *(Hält ihm am Stock den Tallit hin.)*

Dunkelstein nimmt ihn.

DUNKELSTEIN: Sie sind doch immer so interessiert gewesen an unserer Geschichte.

LINDE: Man muss sich informieren, wenn man klarkommen will mit euresgleichen, jawoll.

Dunkelstein: Sehen Sie, Sturmbannführer, sehen Sie diese Fransen, diese Troddeln? Wir nennen sie Zizijot, Zizes. Wissen Sie, woraus sie gemacht sind?

Linde: Sie werden es mir sagen, Reb Dunkelstein.

Dunkelstein: Aus Wolle. *(Pause.)* Aus Wolle und aus Baumwolle. Wolle u n d Baumwolle, verstehen Sie, Sturmbannführer. Wolle und Baumwolle. Ineinand geflochten.

Linde: Na und? Wolle und Baumwolle.

Dunkelstein: Ineinand geflochten, Sturmbannführer. Baumwolle und Wolle. Vom Bauer, vom Hirt. Von den Todfeinden. Baumwolle und Wolle. Bauer und Hirt. Kain und Abel, ineinander geflochten. Dieser Mantel ist ein Friedensmantel. Verstehen Sie? Ein Friedensmantel.

Stille.

Linde: Die Auswanderung muss weitergehen.

Er schmeißt Dunkelstein den Stock vor die Füße und verlässt schnell die Synagoge. Dunkelstein mit dem Tallit in der Hand bleibt zurück. Er hängt ihn sich um. Aber anstatt zu beten, beginnt er die Kultgegenstände vom Boden aufzuheben. Dunkel.

24.

Gestapo Morzinplatz. Büro und Vernehmungszimmer von Kalterer. Sekretärin. Kalterer am Telefon.

Kalterer: So viele haben wir nicht in Evidenz. Selbstverständlich ist das Zeichen zu setzen. Ich habe dreihundert in den Listen, die kann ich in den nächsten vierundzwanzig Stunden kassieren. *(Lauscht.)* Nur Juden? Klar wegen Paris nur Juden, klar, klar. Gruppenführer, da muss ich auf Unpolitische zurückgreifen. *(Lauscht.)* Ich soll greifen, wen ich mag, Hauptsach Israeliten? *(Lacht.)* Das geht leichter, na sowieso. Heil Hitler, Gruppenführer! *(Legt auf.)* Liste XPW.

Die Sekretärin verlässt den Raum. Kalterer wählt eine Nummer.

Kalterer: Zentralstelle? Stapo Leitstelle Wien, Kalterer. Geben Sie mir Sturmbannführer Linde. *(Wartet.)* Heil Hitler, Sturmbannführer. *(Lauscht.)* Jawoll, ausreichend. Deswegen auch mein Anruf. Ich brauche acht Dutzend Köpfe, möglichst Prominente für Paris. Wie? Schriftlich einkommen? Das soll schnell gehen. Order Berlin. *(Lauscht.)* Na, wenn das so ist. Sollen sich die in Berlin ausmachen. Berufe mich auf Sie, Sturmbannführer. *(Lauscht.)* Ihre Verantwortung. *(Lauscht.)* Wo soll ich die hernehmen? Diese Juden sind doch unpolitisch, wie soll ich mir da zweihundert kaufen ohne eure Hilfe und Unterstützung? *(Lauscht.)* Na, alle werden doch nicht auswandern. *(Lauscht.)* Hören Sie zu, Sturmbannführer. Leihen Sie sie mir. Wir schicken die nach Dachau, das wird bekannt, wir haben auch hier entsprechende Konsequenzen aus dem Attentat gezogen, Presse und so. Wir schauen, dass denen in Dachau kaum ein Haar gekrümmt wird, die warten die Affidavits halt dort in der Pension ab, dann können Sie sie wegexpedieren, ha? *(Lauscht.)* Bringt zu viel Unruhe in die Judenheit? Von Ruhe kann bei denen eh nicht die Rede sein. *(Lauscht.)* Stört die Auswanderung? Mitnichten. Ich habe Ihnen doch soeben einen konstruktiven Vorschlag gemacht. *(Lauscht.)* Dazu bin ich nicht befugt? Werde das an Doktor Aumann weiterleiten, jawoll. Heil Hitler, Sturmbannführer. *(Wirft den Hörer auf die Gabel.)* Ochsenfrosch, wirst noch zerplatzen. Arschloch.

Die Sekretärin kommt mit den Akten, legt sie ihm auf den Tisch. Kalterer hat sich wieder hinter seinen Schreibtisch gesetzt, blättert darin, schiebt sie fort.

Kalterer: *(zur Sekretärin)* Rein mit der Jochel. *(Geht nach nebenan ins Vernehmungszimmer. Nach einiger Zeit hört* *man Klatschen und Weinen. Die Sekretärin tippt in die Schreibmaschine.)*

Dunkel.

25.

Willy Klang, alter Häftling, junger Häftling, Raffi um den Holztisch.

ALTER HÄFTLING: Wieso haben die mich ausgesucht, um Sir John Gielgud vom Waggon herunterzuhelfen?

WILLY KLANG: Ponem et circenses.

JUNGER HÄFTLING: Und weiter?

WILLY KLANG: Ich bin wie ein Pfitschipfeil die nächsten Tage zwischen Kultusgemeinde und Morzinplatz und Westbahnhof hin und her. Order da, Order dort. Kaum hat die Gestapo einen beim Kragen und wir erfahrens, brüllt mich der Dunkelstein an, redet mit der Zentralstelle, um den loszueisen, brüllt mich wieder an, was ich da noch rumstehe, statt den Singer mit dem Papier von dort nach dort zu bringen. Ich sause da hin, die Gestapo brüllt mich zusammen, tritt den Singer und übergibt ihn mir, ich bring ihn zu Dunkelstein, der redet gezwungenermaßen höflich und zartfühlend mit dem Singer, sagt ihm noch, er solle sich in zwei Tagen zur Ausreise einfinden mit Frau und Tochter, er hätte alles für ihn erledigt, es sei gelungen, ihn loszueisen, das Visum ist okay, das Affidavit weniger, aber das schafft er auch noch, und bitte, bitte übermorgen zur Abfertigung hier und hernach mit dem soundso Transport Liste ACC oder so ab nach draußen. Singer, fünfundsiebzig, verbeugt sich und verschwindet, Dunkelstein brüllt in mich hinein, was ich da rumstehe, statt – und er gibt mir das nächste Papier und ich hetze ins Rothschildspital wegen einer Bescheinigung ...

Raffi: Angenehmer Chef, fast wie SS, oder?

Willy Klang: Blödsinn. Ich glaube, wenn Dunkelstein nicht ständig gebrüllt hätte, wäre er zusammengebrochen. Es war etwas hektisch damals, lieber Raffi.

Junger Häftling: Etwas hektisch.

Willy Klang: Seine Brüllerei war noch das Geringste.

Alter Häftling: So sind die wenigstens rausgekommen, wenn auch mit Ach und Weh.

Willy Klang: Aber wie.

Dunkel.

26.

Dunkelstein hinterm Schreibtisch am Telefon. Der junge Willy Klang tritt ein.

Der junge Willy Klang: Der Herr Moritz Singer will herein. Sollte sich erst morgen einfinden.

Dunkelstein: *(ins Telefon)* Der Ausreisetransport sechzehnstrichachtunddreißig ist vollständig. Geht plangemäß übermorgen dreizehn Uhr ab. *(Legt auf.)* Was will der Singer noch? Ich hab ka Zeit.

Der junge Willy Klang: Sehr dringend.

Singer ist eingetreten. Der junge Willy Klang bleibt an der Tür stehen. Singer setzt sich unaufgefordert vor Dunkelsteins Schreibtisch und beginnt sofort zu reden.

Singer: Stellen Sie sich vor. Ich reise übermorgen nicht ab.

Dunkelstein: *(hebt den Kopf, leise)* Und ob Sie abreisen.

Singer: *(lachend)* Stellen Sie sich vor, Doktor Dunkelstein. Ich habe einen Mittelsmann gefunden, einen Freind, einen sehr guten goischen Freind. Der wird mir abwickeln mein Haus im Helenental, das kann ich auf die Art normal und sogar zu einem – na sagen wir – nicht schlechten Preis verkaufen. Das wird bissl dauern, Herr

Dunkelstein, da wer ma noch bissl warten müssen. Ich hab halt wieder alles ausgepackt.

Dunkelstein: Was haben Sie gemacht? Ausgepackt? Das geht nicht.

Singer: *(fröhlich)* Fahr ma halt a bissl später. Die Parnusse geht vor. Das Geld werd ich auch brauchen in Amerika.

Der junge Willy Klang: Wissen Sie, wie schwer das war, Sie auf die Liste zu kriegen mit Familie?

Dunkelstein: Scha, Willy!

Singer: Bürokratie, die liebe Bürokratie. Sie werden verstehen, das Geschäft geht vor.

Dunkelstein: Hören Sie zu, Herr Singer. Wenn Sie übermorgen mit Ihrer Familie um elf Uhr sich nicht eingefunden haben, wie verabredet und abgewickelt, dann ...

Singer: *(unbekümmert)* Na was ist dann schon? Nehmen wir einen späteren Zug. Sie werden das schon regeln. Es geht um viel Geld und vor allem um mein Geld, nicht um eures. Für die Unkosten ... und auch für Ihr spezielles Entgegenkommen, Doktor Dunkelstein, komme ich auf. Auch persönlich soll es Ihr Schaden nicht sein. Regen Sie sich nicht auf. Sachte, sachte.

Dunkelstein: *(ist aufgestanden)* Singer! *(Schreit:)* Ich übergebe Sie der Gestapo. Ich übergebe Sie sofort wieder der Gestapo.

Singer: *(springt auf)* Sind Sie plemplem? Was erlauben Sie sich. Wer sind Sie schon.

Dunkelstein: *(kalt)* Ich bin der Leiter des Auswanderungsamtes hier. Sie spucken mir nicht in die Suppe. Entweder Sie fahren nach Amerika oder nach Dachau. Raus hier.

Singer schaut ihn eine Weile stumm an. Der junge Willy Klang nimmt ihn um die Schulter und geleitet ihn hinaus.

Dunkel.

27.

Um den Holztisch wie in 25.

Willy Klang: Und so haben wir dem alten Singer und seiner Familie das Leben gerettet. Aber bis zu seinem Tod hat er in Amerika verkündet: Das Dunkelschwein hat ihn an die Gestapo ausliefern wollen und um sein Vermögen gebracht.

Aufnahmeleiter: *(hereinkommend)* Szene Judenrat. Was ist?

Alter Häftling: Bin bereit. Oder soll ich Sir John Gielgud warten lassen?

Dunkel. Musik.

Dritter Akt

1.

Dunkelstein in Zimmer acht. Esther Rebenwurzel, später der junge Willy Klang, Linde.

Esther: Die Pakete kommen zurück. Aber keine Todesmeldung. Alles aus Buchenwald.

Dunkelstein: Was willst du von mir? Wenn die Empfänger tot sind, erfährst du das doch nicht bei mir …

Esther: Das weiß ich doch, was redest du, das weiß ich doch eh. Sie sind wie verschluckt.

Dunkelstein: Entschuldige, Esther, du hältst mich auf. Warum kommt ihr alle zu mir? Bin ich Gott?

Esther: Du bist Gott sei Dank nicht Gott, aber du weißt alles. Was immer geschieht, du weißt es. Du bist nicht einmal einer der Propheten, aber immer zum richtigen Zeitpunkt der richtige Mann am richtigen Ort.

Dunkelstein: *(geschmeichelt)* Du weißt, dass ich immun bin gegenüber derartigen Schmeicheleien.

Das Telefon läutet.

Dunkelstein: Auswanderung Dunkelstein. *(Hört.)* Jawoll, Sturmbannführer. Das Geld ist da. Es ist geparkt. Einen Moment, Sturmbannführer. *(Deckt den Telefonhörer ab.)* Liebe Esther, mach mir a Tojwe und spazier hinaus.

Esther verlässt das Zimmer.

Geht schon. *(Hört.)* Pardon Sturmbannführer. *(Hört. Legt dann den Hörer auf. Zu sich:)* Was ist er denn so nervös, mein Oberarsch, was hat er denn. Steigt ihm der Aumann wieder auf die Füß? *(Brüllt:)* Esther. Stehst du noch draußen?

Esther kommt wieder herein.

Esther: Dass du immer so brüllen musst. Man fragt sich, wozu du das Ding überhaupt brauchst. Mach das Fenster auf und rede mit Linde direkt. Große Geheimnisse. Was heckst du aus?

Dunkelstein: Niemand geht das was an.

Esther: So intim. Aber wenn du schon so gut kannst mit den Majestäten, du Majestät, was hab ich davon? Steckst du hinter den ständigen Kürzungen der Fürsorge?

Dunkelstein: Beschwer dich bei Leonhardt. Lass mich in Ruh.

Esther: So weit ists gekommen. Das ist mein Saul vom Wallensteinplatz? Bist aufgestiegen zum König der Wiener Juden und kümmerst dich um ...

Dunkelstein: Still, Esther. Die Zeit ändert alle. Mich freuts ja, dass du der Engel geblieben bist, als den ich dich immer schon erkannt hab, aber gegenwärtig brauchen die Juden ein paar Teufel, um zu überleben. Ich kann nichts aufstellen für deine Sach. Ich bin pleite, mit meinem Budget am Ende. Die Auswanderung frisst ...

Esther: *(zornig)* Für jeden von dir gnädig Geretteten sterben mir zwei Alte und ein Kind. Schau mich an.

Dunkelstein: Schau du mich an. Die Alten sterben, die Kinder schaffen es nicht. So wie so. So wie so. Die anderen schaffen es. Sie überleben unser Volk. Nicht die Alten, nicht deine Würmer. Schau mich an. Hab ich das gemacht? Hab ich das gemacht? Ist das meine Welt?

Esther: Du hast es nicht gemacht, aber es ist deine Welt.

Dunkelstein: *(nach einer Pause)* Also, die Namen deiner in Luft Aufgelösten! *(Nimmt die Liste und liest.)* Also zum Beispiel Doktor Jakub Winter. Ist am *(sieht in einer Mappe nach)* dreiundzwanzigsten August aus Buchenwald nach England. Gemeinsam mit Weber, Fakahel, Simmel, Engelberg und so weiter. Man ist nicht untätig. Und wenn es Krieg geben wird, werden die eine Waffe nehmen gegen unsre Herrschaften, oder?

Esther: Den Jakub Winter hast du herausgebracht?

Dunkelstein: Wir, Esther. Wir. Jeder dreht an den Schrauben, wo sie sind. Jeder tut, was er kann. Deine Fürsorge kann ich nicht auch noch ...

Esther: Der Bruder von Jakub ist schizophren. Daher sitzt der Vater, Isidor, mit Ausreisepapieren herum und reist nicht aus, weil sein Sohn nicht mit kann. Und du holst den Bruder aus dem KZ. Absurd.

Dunkelstein: Soll der Alte fahren. Wem nimmt er also einen Platz weg? Soll er dableiben mit dem Meschuggenen. Gib her.

Esther: Oh nein. Ich werde ihn schon noch überreden zu fahren.

Dunkelstein: Was machst du mir für Sachen, Esther. Ich vertrag das nicht. Raus mit deiner Schnauze aus meinen Sachen!

Der junge Willy Klang: *(hereinstürzend)* Verzeihung.

Dunkelstein: Herrgott. Anklopfen. Sauerei. Bist du verrückt?

Der junge Willy Klang: Bin ich. Wir alle. Es ist Krieg. Er ist in Polen eingefallen.

Hinter Willy Klang erscheint Kalterer.

Kalterer: Haben Sie ein Momenterl Zeit, Herr Dunkelstein?

Dunkelstein: Für Sie immer, Herr Kommissar.

Kalterer: Dann kommen Sie mit zu mir. Kleine Konferenz.

Dunkel.

2.

Der junge Häftling allein an dem Holztisch. Von Zeit zu Zeit kommen andere Komparsen herein, gehen wieder hinaus. Er liest. Die Bühne ist stockdunkel.

LAUTSPRECHER:

's ist Krieg! 's ist Krieg! O Gottes Engel wehre,
Und rede du darein!
's ist leider Krieg – und ich begehre
Nicht schuld daran zu sein!
Was sollt ich machen, wenn im Schlaf mit Grämen
Und blutig, bleich und blass,
Die Geister der Erschlagnen zu mir kämen,
Und vor mir weinten, was?
Wenn wackre Männer, die sich Ehre suchten,
Verstümmelt und halb tot
Im Staub sich vor mir wälzten, und mir fluchten
In ihrer Todesnot?
Wenn tausend tausend Väter, Mütter, Bräute,
So glücklich vor dem Krieg,
Nun alle elend, alle arme Leute,
Wehklagten über mich?
Wenn Hunger, böse Seuch' und ihre Nöten
Freund, Freund und Feind ins Grab
Versammelten, und mir zu Ehren krähten
Von einer Leich herab?
Was hülf mir Kron' und Land und Gold und Ehre?
Die könnten mich nicht freun!
's ist leider Krieg – und ich begehre
Nicht schuld daran zu sein!

Willy Klang kommt herein, nimmt dem jungen Häftling das Buch mit den Gedichten von Matthias Claudius aus der Hand, schaut, was der gelesen hat, nickt.
Dunkel.

3.

Zentralstelle für jüdische Auswanderung. Amtsdirektor Leonhardt, Linde, Sekretärin.

Leonhardt: *(demütig)* Herr Obersturmbannführer, ich danke Ihnen, dass Sie mir Gehör gewähren.

Linde: Sprechen Sie. *(Mit einer Handbewegung fordert er ihn auf, Platz zu nehmen.)*

Leonhardt: *(bleibt stehen und beginnt sofort)* Wir Juden von Wien haben uns stets loyal verhalten trotz mancher Bedrängnisse. Seit dem Eintritt Englands in den Krieg ...

Linde: Wir werden es bestrafen.

Leonhardt: ... seitdem werden Juden in Wien wieder auf der Straße verprügelt, weil sich in Palästina einige wenige zum Waffendienst für England gemeldet haben.

Linde: Einige wenige? Ohne Umschweif hat sich jeder der Herren Hebräer, der auf zwei Beinen gehen konnte, registrieren lassen.

Leonhardt: Um jeden Anstoß zu vermeiden, bitten wir, auf die weitere Auswanderung nach Palästina verzichten zu dürfen.

Linde: Was reden Sie da?

Leonhardt: Als Zeichen unserer Loyalität, damit es nicht heißt, wir schicken indirekt Soldaten gegen das Dritte Reich.

Linde: Na, da wird eure zionistische Partei ja eine Freude haben.

Leonhardt: Schweren Herzens habe ich mich entschlossen, Ihnen das Angebot zu machen.

Linde: Und Dunkelstein? Trägt er das Angebot mit?

Leonhardt: Schweren Herzens, wie wir alle.

Linde: Was wollte denn der Kommissar Kalterer von ihm? Er ging doch die letzte Zeit am Morzinplatz ein und aus?

Leonhardt: Sie wollen von mir wissen ...

Linde: Machen Sie nen Punkt. Natürlich kann ich mich direkt einschalten, aber da Sie nun schon da sind, raus mit der Sprache!

Leonhardt: Die politischen Häftlinge von Dachau und Buchenwald jüdischer Herkunft ...

Linde: Judenkommune.

Leonhardt: Sie hatten bereits Affidavits von England und gelangten, wie Sie ja wissen, noch im August in die Auswanderung. Die dafür erforderlichen Finanzen, die der Joint bereitgestellt hatte ...

Linde: *(ruhig)* Das ist mit mir abzuhandeln. *(Brüllt:)* Wie lauteten unsere Abmachungen, Sie Scheißsack?

Leonhardt: Ich dachte, verzeihen Sie, jedoch für die politischen Häftlinge ist doch die Gestapo ...

Linde: Nicht für Saujuden. Für die Saujuden bin ich zuständig. Hören Sie, Sie verkalken mir unter der Hand! Her mit Dunkelstein. Schaffen Sie ihn mir ohne Umschweif herbei. Hauen Sie ab!

Leonhardt retiriert zur Tür, bleich und zitternd.

Linde: *(ihm nachrufend)* Die Auswanderung nach Palästina geht weiter. So lange das feindliche Ausland dafür blecht. Und es wird blechen!

Dunkel.

4.

Amtsdirektion der Kultusgemeinde. Leonhardt, Dunkelstein, der junge Willy Klang, Esther, Abteilungsleiter etwa des Friedhofsamtes, Wohnungsamtes etc. um den Sitzungstisch.

Leonhardt: Zur Kenntnis: Die tausendundachtundvierzig polnischen und ehemaligen polnischen Staatsbürger unseres Glaubens sind nun von ihrer bisherigen Internierung im Wiener Stadion ins KL Buchenwald abtransportiert worden. *(Pause. Schweigen.)* Ab Sonntag bis zum zwanzigsten September müssen sich alle Mitglieder nach alphabetischer Reihenfolge ihrer Familiennamen hier im Gemeindezentrum einfinden, damit wir hier befehlsgemäß das Verzeichnis sämtlicher Wiener Juden mit Angaben der persönlichen Daten sowie der Vermögensverhältnisse anlegen können. Veröffentlichen im Jüdischen Nachrichtenblatt. *(Reicht ein Papier an einen Funktionär weiter.)*

Es wird dunkel.

Lautsprecher:

Nächtliche Ausgangssperre für Juden.
Besuchsverbot für Grünanlagen.
Abgabe sämtlicher Radioapparate.

5.

Amtsdirektion wie in 4. Alle Sitzungsteilnehmer stehen hinter den Stühlen. An der Front sitzen Linde, Brauner und als Vertreter der Gestapo Kalterer.

Linde: Sie haben mir binnen Frist tausend bis zwölfhundert auswanderungsfähige und gesunde Männer auszuwählen und in einer Liste zu verzeichnen.
Unsere Absicht nunmehr ist es, nach den jetzigen Ereignissen und unserer Gewinnung von östlichem Lebensraum, ein Reservat im Raum Lublin zu errichten. Der Ort heißt Nisko. Wir benötigen Handwerker und sonst für Neuansiedlung nützliche Berufe.

Brauner: Diese Liste brauch ich in drei Tagen in fünffacher Ausfertigung. In einer Rubrik ist zu vermerken, für wie viel Personen der jeweils Betreffende zu sorgen hat. Jeder der zur Deportation Vorgesehene muss ein gesondertes Formular ausfüllen und dafür fünf Reichsmark zahlen.

Linde: Und den Pauschalbetrag von fünftausend Märker zur Deckung der Transportkosten. Höre ich da ein Murren?

Brauner: Arbeitskleider, Spirituskocher, Verpflegung für drei Wochen oder vier, Sägen, Beile, Hämmer, Nägel mitnehmen und sonstige zum Aufbau notwendige Werkzeuge.

Linde: Fragen?

Leonhardt: Zur Deckung der Transportkosten ...

Linde: Jeder kann binnen gleich und ohne Umschweif seine Meublage verkaufen, auch anderes. Der Rest: Fürsorge.

Brauner: Dreihundert Reichsmark darf jeder mitnehmen. *(Pause.)*

Esther: Medizinische Versorgung. Der Transport ...

Brauner: Zehn Ärzte. Das genügt. Weitere Fragen?

Dunkelstein: Die zwei Transporte nach Palästina und Bolivien können doch selbstredend noch abfahren.

Kalterer: Können sie nicht. Die Arbeitsfähigen können sich nach Nisko melden. Übrigens haben wir da KL-Häftlinge aus Dachau und Buchenwald, die bereits über die erforderlichen Ausreisepapiere verfügen. Das wird nichts mehr; doch ein neues Leben in Nisko ist ja möglich.

Dunkelstein: *(zu Linde)* Keine Auswanderung mehr?

Linde: *(zuckt die Achseln)* Wir beginnen eine Art von Auswanderung, wo die Juden sich frei bewegen können, sich eine neue Existenz aufbauen, frei von Behelligungen durch uns. Es ist eine andere Qualität. Was ist denn hier für euch noch drinnen? Gornischt.

Brauner: Die Kultusgemeinde erstellt die Transportleitung. Sie bestimmen Wagenführer und Ordner!

Die drei verlassen den Raum. Schweigen.

Dunkelstein: Ich fahre nach Nisko.

Dunkel.

6.

Wartesaal. Um den Holztisch. Willy Klang, alter Häftling, junger Häftling, Raffi.

Willy Klang: Auf Nisko sind wir alle noch reingefallen. Ich selber hab mich freiwillig gemeldet. Linde versprach uns alles, was ihr euch denken könnt. Das Ganze hieß Umsiedlung. Dort könnten sich die Juden frei bewegen, froh und stramm ein neues Leben beginnen. Das Gebiet ist ja ganz entvölkert, man nimmt keinem was weg. Pionierarbeit sei zu leisten, wie geübt in den Haschkarot.

Raffi: Wie konntet ihr bloß so naiv sein!

Alter Häftling: Schon wieder klugscheißen, Raffi?

Raffi: Schon gut, schon gut. Wieso ist denn Dunkelstein sofort hingefahren?

Willy Klang: Er hat müssen. Linde hat ihn nicht mehr gebraucht und fortgeschickt. Aber Saul hat ohnedies sich das anschauen wollen. Alles war ein Betrug, klar. Das sumpfige Land war vom Krieg verwüstet. Die Leute mussten bei Tag und bei Nacht Baumaterial vom San-Ufer ins Lager schleppen, einen drei Kilometer langen matschigen Hang entlang, daweil die Wächter auf sie eindroschen. Bevor ich dorthin kommen sollte, wurde die Aktion abgebrochen. Manche kamen zurück, viele wurden getötet von marodierenden Banden der Gegend, andere trieb man zu den Sowjets, und sie verschwanden später im Gulag.

Raffi: Dunkelstein kam zurück.

Willy Klang: Er kam zurück. Linde konnt ihn doch noch brauchen.

Junger Häftling: Aber die Auswanderung war doch nicht mehr möglich.

Willy Klang: Es gab andere Möglichkeiten. Neue.

Raffi: Deportationen nach dem Osten. Sie brauchten einen Experten.

Willy Klang: Und wir einen Retter.
Raffi: Ausgerechnet Dunkelstein? Dass ich nicht lache.
Willy Klang: Dass du nicht lachst.
Dunkel.

7.

Wien-Leopoldstadt, Haidgasse. Vollkommen überfüllte Wohnung. Ein großes Zimmer, angestopft mit Leuten unterschiedlichen Alters und Geschlechts, mit Bündeln, auf Koffern und Kisten kauernd, stehend, liegend, ein Arrangement des Elends. Daneben eine Küche, einander gegenüber sitzend der alte Schwarz und seine Tochter Theres. Sie haben Karten in der Hand. Dahinter ein Fenster, man sieht einen Balkon über der Gasse gegenüber.

Der alte Schwarz: *(deutet auf nicht vorhandene Mitspieler)* Also Thesi. Der Warschowitz sagt Drei ohne, du sagst nichts, der Moskowitz sagt nichts, ich sag schon gornix. Du spielst aus. Was spielst du aus? Karo zehn? Thesi, Thesi. Das Regime ist noch nicht erfunden worden, unter dem du keinen Blödsinn ausspielst.

Theres: *(müde)* Ist schon gut, Papa. Aber wie immer wetzt du die Scharte aus.

Der alte Schwarz: *(legt die Karten vor sich auf den Tisch)* Tja Bridge, das ist kein Kartenspiel. Bridge, das ist die Chochme des Lebens, eingefangen in ein paar Karten. Ich habe Jahre gebraucht, Töchterchen, Jahre. Wann reist du ab?

Theres: Es ist wieder alles abgelaufen. Ich weiß nicht, wie tun.

Der alte Schwarz: Schau dich hier um. Eine Bevölkerung ist das hier in der Haidgasse. *(Leise.)* Und so viel Pofel dabei.

Auf den gegenüberliegenden Balkon tritt ein altes Ehepaar. Sie steigen auf zwei Sessel, halten sich an den Händen. Der alte Schwarz und Theres sehen das Paar nicht.

THERES: Willy Klang versucht mir eine Stelle in der Registratur zu verschaffen. Ich habe Termin bei Dunkelstein.

DER ALTE SCHWARZ: Na siehst du. Es kann jetzt nur mehr aufwärts gehen.

Während er dies sagt, springt das alte Ehepaar in die Tiefe. Ein Geräusch.

DER ALTE SCHWARZ: Was war denn das?

Theres beugt sich aus dem Fenster, prallt zurück.

THERES: *(ruhig)* Gar nichts. Wieso?

DER ALTE SCHWARZ: Mir wars, als hätte ich etwas gehört. Also Thesi, wann reist du ab?

THERES: Bald, Papa.

DER ALTE SCHWARZ: Es kann nur mehr aufwärts gehen. Was anderes ist ja gar nicht möglich. Moskowitz, wer kommt?

THERES: Ich, Papa. *(Sie teilt Karten aus.)*

Dunkel.

8.

Czerninplatz. Früher Morgen. Kleine Grünanlage mit Platanen. Hinter dem Stamm eine kleine Öffnung, ein toter Briefkasten. Edith Gold kommt herbeigestöckelt, ein bisschen auf leichtes Mädchen. Sie hat sich bei ihrem Begleiter untergehakt.

EDITH: Komm Schurl, setzen wir uns ein bissl da her.

Kalterer geht vorbei, ein unbeteiligter Passant.

EDITH: Küss mich, Schurli. *(Kalterer ab. Edith löst sich.)* Schau weg, Burscherl. *(Retiriert nach hinten, platziert ein Päckchen im toten Briefkasten. Wir sehen, dass Kalterer dies beobachtet.)* Gehen wir.

Edith und Begleiter ab. Kalterer holt das Paket heraus, betrachtet es, steckt es wieder zurück. Ab. Nach kurzer Zeit erscheint Gisela Winter, nähert sich dem Briefkasten. Sie holt das Paket, betrachtet es, erschrickt, will es zurücktun und flüchten, da kommt Kalterer.

KALTERER: Stillgestanden. Alsdann, gnädige Frau. Haben Sie einen Ausweis?

GISELA: *(mit französischem Akzent)* Und Sie? Aben Sie einen Ausweis?

KALTERER: Kalterer. Polizei.

Gisela gibt ihm ihren Ausweis.

KALTERER: Suzette Sorel. Aha. So heißen Sie also jetzt, Frau Winter.

Gisela versucht zu fliehen. Kalterer hebt den Arm, Männer in Zivil aus mehreren Richtungen stürzen sich auf Gisela, führen sie ab.

KALTERER: Die Kommune lässt nach. Und jetzt zur Hübschen.

Geht in die Richtung davon, wohin Edith Gold gegangen ist. Dunkel.

9.

Filmset, Todesappell. Wir sehen einen Teil der Komparsen in Gruppen, darunter Willy Klang, alter Häftling, junger Häftling, Raffi, Aufnahmeleiter. Der hält ein Megaphon in der Hand.

AUFNAHMELEITER: Seids so gut, gehts langsam auf Position. Ich weiß, es ist kalt, aber es muss sein.

RAFFI: Werft ihr die Windmaschinen bei der Probe auch an, ihr Wahnsinnigen?

JUNGER HÄFTLING: Hab dich nicht so.

RAFFI: Ich bin der Sohn eines alten Wüstenvolkes. Ich frier mir nicht so gern den Arsch ab.

Alter Häftling: *(zu Willy Klang)* Du hast mich gefragt, warum ich da bei dem Film mitmache.

Willy Klang: Du hast mir keine Antwort gegeben. Wenn du nicht darüber reden willst, auch gut.

Alter Häftling: Ich habe vier ältere Brüder. Ich habe vier ältere Brüder gehabt. Ich als der Jüngste bin mit dem Mosestransport noch nach England. Ich war fünfzehn.

Willy Klang: Und jetzt willst du nachempfinden, wie es deinen Brüdern in der Shoah ergangen ist?

Alter Häftling: Wieso weißt du?

Aufnahmeleiter: *(ins Megaphon)* Alle jetzt die Position einnehmen! Hände auf die Hosennaht. Starr gradaus schauen. Nicht in die Kamera schauen. Achtung, gleich kommt der Wind.

Windmaschine. Unangenehmer Vorgang, denn es ist sehr kalt.

Willy Klang: Na servus, Gschäft.

Raffi: Ist eh nicht arg.

Aufnahmeleiter: Ruhe da hinten.

Alter Häftling: *(zwischen den Zähnen)* Vergebliche Mühe, Willy. Ich kann den Brüdern nichts nachempfinden. Das sind ja hier nur Kinkerlitzchen.

Willy Klang: Na warte, wenn du hier so einen Tag und eine Nacht stehst wie die damals in Theresienstadt beim Todesappell, in Holzschlapfen und nicht in solchen Edelböck. Dünnes Gewand, nix drunter ...

Aufnahmeleiter: Jetzt du umfallen. *(Pause. Zu Raffi:)* Umfallen.

Der alte Häftling lässt sich gleichfalls fallen.

Aufnahmeleiter: Du nicht, Herrgott. Die fallen ja nicht gleichzeitig vor Erschöpfung um. Einmal der, dann der. Steh wieder auf. Ich sag dir, wann du umfallen darfst.

Der alte Häftling steht wieder auf.

Alter Häftling: Spiel dich nicht so auf!

Aufnahmeleiter: Ich mach meinen Job. Mach du auch deinen Job.

Willy Klang: Schon gut, Herbertl. Schon recht. *(Zum alten Häftling:)* Warum willst du es denn nachempfinden?
Alter Häftling: Ich weiß nicht. Ich war der Jüngste. Ausgerechnet der Jüngste hat überleben dürfen?
Willy Klang: Ach so, ich versteh.
Dunkel.

10.

Zimmer acht, nachts. Dunkelstein, allein.
Dunkelstein:

Die Auswanderung muss weitergehen, Obersturmbannführer Linde.
Die Auswanderung geht wohin? Ins Verderben Tod.
Ohn Umschweif hat mir Linde
Den Auftrag nun erteilt,
Grad wie die Auswanderung
Die Umsiedlung zu organisieren. Deportation.
Die Unterlagen sind die gleichen, die Listen,
Alles da und griffbereit.
Werden uns zugesandt.
Tausend Köpfe nächsten Monat ab nach Osten.
Nach Minsk.
Was heißt Minsk?
Ich weiß es ja, Minsk heißt Tod.
Und Riga?
Und Kowno? Heißt dieser Osten Tod?
Pause.
Der richtge Mann am richtgen Ort zur richtgen Zeit.
Bin ich Saul Dunkelstein, der Mann der Tat,
Auch der Mann des Tods?
Bin ich der Mann des Mordes?
Pause.
Morde nicht, mein Gott, du sagst doch: Morde nicht.

Und dies Gebot steht über allen, allen.
Soll ich eine Liste nach der anderen
Mit künftigen Kadavern füllen?
Pause.
Und steht mein Bruder auf der Liste,
Komm und hilf
Beim Kofferpacken, geleite ihn
Zum Bahnhof, hilf ihm in den Zug
Und wink ihm nach, ich darfs, doch keine andern
Anverwandten
Dürfen ihm nachschauen, ihn begleiten.
Sie dürfen aber auf der nächsten Liste
Aufscheinen und flink darf ich die
Geleiten und so fort.
Pause.
Muss ich das tun? Ich muss doch nicht. Auswandern,
weg von
Wienerischen, österreichischen, reichsdeutschen
Höllen.
Sie zu geleiten zu den Zügen, zu den Schiffen,
Und seis mit Arschtritt sie ins lebensrettende Gefild
Bugsieren, das musst ich tun, der richtge Mann
Am rechten Ort.
Doch dies?
Pause.
Ausgenommen von der Deportation sind die und die
Verwalter, Funktionäre der Gemeinde,
Die ich für unentbehrlich auch erkläre,
Und leise, damits der nächste nicht erfährt.
Dekorierte aus dem Weltkrieg,
Mit Ariern Verheiratete sind ausgenommen und bis
wann?
Nimmt einen Globus vom Schreibtisch, dreht ihn.
Viertelweise, gassenweise, häuserweise, wohnungs-
weise

Solln wir durchkämmen für den Meister Linde
Unsere Leut, helfen ein wenig mit. Wohin geht die Fahrt?
Und meine Leut und ich sollen herausstreichen,
Wer zu alt, zu jung, zu unentbehrlich, zu reich,
Zu nah, und hat noch Privilegien.
Darf hier noch hungern, frieren, darf Schläge kriegen,
Seine Leut begraben, den Hund abgeben, den Radio,
Pelze
Abliefern, muss Israel heißen und Sara.
Was hab ich zu entscheiden? Was kann ich da schon
Groß noch tun.
Mathilde, fährst du nächsten Montag
Nach Osten, oder
Reklamiere ich dich aus dem Transport
Und du fährst nächsten Monat?
Helene, du bist so krank, hier
Kannst du nicht überleben, ists nicht besser,
Du reist nach Lodz, und die gesündre Freundin
Bleibt da, womöglich.
Ja, womöglich kommt ein Rettungsvogel
Vom nächtlichen Jerusalem und nimmt dich
Unters heimliche Gefieder,
Sodass du so dem Höllental entrückt wirst.
Und ich bin der, der auf dies Rettungsvöglein wartet
Mit dir für dich, Helene, Mirjam, Noemi.
Bewegt den Globus, geht mit ihm auf und ab.
Überleben oder Nichtüberleben
Laut:
Nichtsein oder Nichtsein,
Das ist in diesem Leben hier wohl keine Frage,
Ist täglich Antwort: Nichtsein.
Täglich Antwort: Mord.
Und ich der Semaphor
Zum Tode, warum ich?
Wär ich gegangen nach Sankt Gallen.

Nun geh ich voran nach Litzmannstadt.
Ich mach dem Todesmeister mitnichten den Gesell,
Das tu ich nicht, das kann kein Gott
Von mir verlangen. Nichtsein
Oder Nichtsein.
Wirft den Globus zu Boden.
Ich tu es nicht, ich tu es nicht.
Pause.
Was sagst du? Wer denn?
Das ist mir wurscht! Sie selber!
Wollen sie morden, sollen sie morden.
Ich wasche meine Hand in Unschuld.
Was sagst du?
Statt meine Leut schicken Linde, Brauner
Beim Durchkämmen straßenweis, wohnungsweis
Horden von Hitlerjugend zum Kofferpacken?
Schicken SA als Geleit zum Bahnhof?
Und ich bin tot und kann halt nichts dafür?
Du sagst,
Bevor ein Jud verreckt ist, lebt er. Und solang er lebt,
Muss ich für dieses Leben sorgen.
Wenn ichs gar rett? Ein einzges Leben rett?
Du sagst, dann muss ichs tun?
Doch wen rett ich, wenn ich wen retten kann,
Den oder die? Mich selbst? Einen Künstler? Denn der ist mehr wert
Als der Schuster
Oder umgekehrt?
Das Weib statt Mann, die Tochter statt des Sohns?
Den Schneider statt des Dichters?
Du sagst, von Listen runternehmen,
Vom Todeszug herausreklamieren
Kann ich, was ich kann, jedoch
Zwecks Erstellung von Ersatz und Ergänzung der Listen,

Das brauch ich nicht zu tun, das obliegt
Den Todesmeistern?
Hebt den Globus wieder auf. Geht hin und her.
Und wenn sie mich zwingen, die Listen aufzufüllen?
Pause.
Das ist wahr, mich kann keiner zwingen, wenn ich
Besser sterbe dann. Du sagst,
Selbstmord ist Sentimentalität.
Ich sag das, Herrgott, ich. Ich hab das
Stets gesagt, solang die leben.
Bleib am Platz, sagst du, auch dafür,
Sagst du,
Bin ich
Der richtige Mann
Am richtigen
Ort
Brüllend:
Zur richtigen Zeit.
So sei du, sagst du,
Der letzte Ungerechte,
Der die letzten
Der Gerechten geleitet nach Eden?
Flüsternd:
Weil ich womöglich einen retten kann?
Weil G'tt ein Wunder tut?
Wer weiß?
Wer kanns ermessen?
Pause.
Du hast Recht.
Ich mache weiter, brülle mir
Die Seele aus dem Leib.
Möchte sie dir
Überantworten.
Ich liebe dein Gebot
Und tus

Für dieses arme Volk,
Für meins, und muss es tun
Auch für mich selbst.
Setzt sich an den Schreibtisch.
Und hab ein bisschen Macht.
Saul, blöder, eitler Kerl,
Und die gefällt dir doch.
Pause.
Ein blinkend Segel sein
In einem Meer von Blut und Grauen
Ist es so?

Greift zum Telefon.

Wer hat Bereitschaft? Klang? Soll rauskommen, aber plötzlich!

Dunkel.

11.

Keller der Kultusgemeinde, zur Werkstatt gewandelt. Auf langen Tischen sitzen Mitarbeiter der Kultusgemeinde und schneiden aus riesigen gelben Stoffen, auf denen in Abständen JUDE aufgedruckt ist, Davidsterne. Das ganze im Akkord. Stille.

Lautsprecher: Binnen drei Tagen muss das Kennzeichen in vierfacher Ausfertigung an die gesamte Wiener Judenheit ab dem sechsten Lebensjahr des Einzelnen ausgefertigt werden. Wer nach dieser Frist ohne Kennzeichen angetroffen wird ...

Dunkel.

12.

Aspangbahnhof. Schlange mit Deportierten, flankiert von SS und Funktionären der Kultusgemeinde, erkennbar an Armschleife und Judenstern. Sämtliche Deportierte mit Stern. Unter ihnen Isidor Winter, Nathan Winter, Vater Klang, der alte Schwarz, Theres, Neugröschl.

SS-Wache: Weitergehen, weitergehen.

Die Schlange bewegt sich langsam vorwärts. Theres hält den Vater um die Schulter, nimmt dem etwas Erschöpften sodann den Koffer ab.

Der alte Schwarz: A Dank, Töchterchen, a Dank.

Vater Klang: Wo ist denn der Willy. Wieso kommt der Willy nicht?

Theres: Doktor Ossi, beruhige dich. Er wird schon kommen.

Isidor: *(hält seinen Sohn Nathan)* Ssss.

Nathan: Tate, Tate. Jetzt fahren wir unter die Flügel des Engels. Mein Vater, *(er wird lauter)* mein Vater, tief im Osten spricht der Herr: Diese sind zu vertilgen.

Isidor: Scha, Nathan.

Nathan: *(wieder leiser)* Ein Bleihimmel wölbt sich über uns. Da spricht der Herr: Mein ist die Rache. Mit dem Blutfinger stößt er uns in die Erde. Tate, wir sind erlöset. *(Murmelt.)* Sch'ma Isruel.

Theres: *(sich nach hinten drehend, zu Nathan)* Seien Sie doch still.

Nathan: Ich weiß, was ich weiß. Awawa.

Der junge Willy Klang kommt von hinten, will zum Vater.

Der junge Willy Klang: Papa!

Dunkelstein: *(tritt ihm in den Weg)* Verschwind, Willy.

Eine SS-Wache nähert sich.

Der junge Willy Klang: Vater.

Dunkelstein: *(brüllend)* Alles zurück hier. Weitergehen.

Die Deportierten rücken vor, sehen Dunkelstein teils mit Hass an. Neugröschl spuckt ihm vor die Füße.

Neugröschl: Bei mir haben Sie Lokalverbot. Im nächsten Leben. Sie Asisponem!

Der alte Schwarz: Das wird keine Bridgepartie mehr.

Er strauchelt und fällt um. Theres und der alte Klang helfen ihm auf.

SS-Wache und Dunkelstein: Weiter, weiter.

Dunkelstein: *(zu Willy, leise)* Geh, marschier! Du hast keinen Vater, verstehst du, du Blödian? Oder willst mit?

Der junge Willy Klang: *(nickt)* Ich will mit.

Dunkelstein: *(stößt ihn nach hinten)* Nix. Ich brauch dich noch. Fort mit dir.

Bevor der sich nähernde SS-Mann da ist, dreht sich der junge Willy Klang um und verschwindet.

Dunkelstein: Weiter, weiter.

Der wieder aufgerichtete alte Schwarz rückt weiter.

Der alte Schwarz: *(zum Vater Klang)* Fahr ma halt.

Dunkel.

13.

Filmset. Szene Deportation von Theresienstadt nach Auschwitz. Wir sehen die Komparsen mit wenig Gepäck in den Waggon steigen. Alter Häftling, junger Häftling, Raffi, Willy Klang. Die Komparsen stehen im Waggon. Die Tür wird zugemacht.

Willy Klang: Stehen da sehr komfortabel.

Alter Häftling: Kinkerlitzchen.

Raffi: Jede Menge Möglichkeiten, Naganes mitzuführen.

Alter Häftling: Heute.

Raffi: Damals eben vielleicht auch.

Willy Klang: Unsinn.

Die Waggontür wird geöffnet.

Stimme Aufnahmeleiter: Alles heraus. Fertig machen zum Dreh.

Die Komparsen verlassen den Waggon. Er ist leer.

Stimmen: *(englisch)* Fertig machen. Achtung. Ton. Ton läuft. Kamera. Kamera läuft. Los!

Getrappel, Hundegebell, Schneller-schneller-Stimmen, Flüche. Die Komparsen kommen in den Waggon. Die Tür wird geschlossen.

Willy Klang: Ich bin ein bissl müd.

Junger Häftling: Na, setzt dich auf deinen Koffer.

Alter Häftling: Was machen denn die da draußen?

Junger Häftling: Vermutlich beraten, ob die Einstellung gestorben ist.

Die Tür wird aufgerissen.

Stimme Aufnahmeleiter: Bitte heraus! Das Ganze noch einmal.

Der Waggon leert sich. Der Vorgang wiederholt sich. Alle kommen wieder in den Waggon.

Willy Klang: Ich bin so müd heute. Dabei bin ich doch eh ausgeschlafen.

Junger Häftling: Du kannst gut schlafen hier?

Willy Klang: Meistens.

Raffi: Jetzt beraten sie draußen. Wie oft werden wir wohl noch in die Waggons getrieben?

Junger Häftling: Zehn Mal?

Alter Häftling: Warum öffnen sie nicht die Waggontür?

Junger Häftling: Sie beraten, ob die Einstellung auch endlich gestorben ist.

Alter Häftling: Woher weißt du?

Junger Häftling: Ist doch immer so.

Alter Häftling: Jetzt ist es anders.

Willy Klang: Was bin ich so müde?

Raffi: Setz dich auf deinen Koffer.

Alter Häftling: Darfst du nicht. Ist streng verboten!

Raffi: Wer soll uns das verbieten?

Alter Häftling: Warum machen sie das Türl nicht auf?

Willy Klang: *(müde)* Geduld bringt Rosen.

Schweigen. Stille. Auch von draußen ist nichts zu hören. Plötzlich bellt ein Hund.

Alter Häftling: Der Hund bellt.

Raffi: Auch schon was.

Alter Häftling: Warum öffnen sie nicht das Türl? Fahren wir jetzt ab?

Junger Häftling: Sie beraten.

Alter Häftling: Was gibts da zu beraten? Der Hund hat gebellt. *(Schreit.)* Türl öffnen. He, aufmachen! *(Er läuft zur Wand und schlägt mit beiden Fäusten und brüllt:)* Aufmachen, um Gottes Willen. Aufhören! Aufhören! Aufhören! *(Beginnt laut zu schluchzen und zu schreien.)*

Willy Klang, der junge Häftling laufen zum alten Häftling und versuchen ihn zu halten. Der reißt sich los und wirft sich auf den Boden.

Nicht, bitte, bitte nicht. Nicht losfahren. Dableiben. Lasst mich leben! *(Weint heftig.)*

Die anderen schauen sich an, beginnen auf die Waggontür zu hämmern.

Willy Klang: *(brüllt)* Herbertl, mach die Tür auf. Wir brauchen einen Arzt.

Die Tür wird aufgestoßen. Der Aufnahmeleiter erscheint, der Regisseur, SS-Komparsen kommen und schauen neugierig herein. Der alte Häftling sieht sie.

Alter Häftling: Hilfe! Hilfe! Man hargelt mich. Lasst mich leben. Ich bin doch noch ein Kind!

Ein SS-Komparse lächelt. Der Aufnahmeleiter sieht das.

Aufnahmeleiter: Was gibts da zu lachen. Raus mit Ihnen.

Der alte Häftling wälzt sich auf dem Boden. Man versucht ihn zu beruhigen.

Willy Klang: Hermann, das ist doch nur ein Film. He, nur ein Film.

Beugt sich über ihn, hält ihn fest.

Dunkel.

14.

Morzinplatz, Gestapo. Kalterer hinterm Schreibtisch.

Kalterer: *(drückt eine Taste)* Die Gold.

Vertieft sich in die Akten. Gelegentlich pfeift er durch die Zähne. Edith Gold wird hereingeführt. Sie ist gekleidet wie bei der Verhaftung, also etwas provokant. Mit einer Handbewegung fordert Kalterer sie auf, Platz zu nehmen. Sekretärin hinter der Schreibmaschine.

Edith: Danke sehr.

Kalterer sieht sie aufmerksam an, schweigt.

Was ist? Was starren Sie mich so an?

Kalterer: Maul halten.

Edith: Jawoll. Maul halten.

Kalterer: Das heißt, reden, wenn Sie gefragt werden. Name?

Edith: Das wissen Sie.

Kalterer: Ihr Name.

Edith: Gold Edith.

Kalterer: Geboren?

Edith: Vermutlich.

Kalterer: *(steht auf, geht um den Tisch, ohrfeigt sie)* Keine Frechheiten, Kommunehure.

Edith, die dabei vom Sessel gestürzt ist, steht auf, setzt sich wieder hin.

Edith: Zwanzigster Erster Zwanzig, Budapest.

Kalterer: Alsdann. Schön kooperieren, dann hängen wir dich vielleicht nicht auf. Seit wann in der Gruppe?

Edith: Gruppe?

Kalterer: Gruppe Winter, du Schlampe. Deine Chefin sitzt schon. Und ihr Freund Albert ... Koref.

Edith: Kenn ich nicht.

Kalterer: Wen kennst du nicht?

Edith: Ich kenn keinen.

Kalterer: Keine Gisela Winter? Genannt Sozette?

Edith: Nein.

Ohrfeigen wie zuvor. Sie setzt sich wieder auf den Stuhl.

Kalterer: Für wie blöd hältst du uns? Mit Gisela Winter bist du fünfunddreißig, sechsunddreißig auf der Lisl gesessen. Glaubst du, wir bohren in der Nase, du Fut?

Edith: Weiß ich, wie die geheißen hat?

Kalterer: Schluss mit der Schmiere, Gold Edith. Wir haben die Gruppe kassiert. Was von deiner Freundin übrig ist, kannst du gern besichtigen. Du bist ja noch gut beinand. *(Umkreist sie, versetzt ihr Schläge.)* Das ändert sich schnell. *(Läutet.)* Abführen.

Eine Gefängnisaufseherin führt sie ab.

Kalterer: *(als sie bei der Tür sind)* Bleib stehn. Hör zu. Dein Mütterlein, die Adelheid Gold, die lebt doch noch immer in der Schiffamtsgasse. Was macht die Alte noch da? Werden wir wegschaffen müssen.

Edith: Nein.

Kalterer: Na, dann komm wieder her. Schauen wir, was sich für ein altes Judenweib machen lässt.

Mit eleganter Gebärde heißt er sie wieder Platz nehmen.

Edith: Können Sie überhaupt etwas für sie tun? Wer sind Sie schon?

Kalterer: *(verblüfft)* Courage hast du, kleines Frechmaul. Vorab: Wo ist der Toply? Und: Wo ist der Bankert von der Winter?

Edith: *(schnell)* Ferdinand Toply können Sie morgen um zehn Barnabitengasse achtzehn aufgreifen. Vom Kind weiß ich nichts.

Kalterer: *(durch die Zähne)* So so. Musst du dabei sein?

Edith: Weiß nicht.

Kalterer: Der Überrest der Winter redet nicht so flüssig. Ich hätte gern ihr Kind in den Pratzen. Kannst du das für mich herauskriegen?

Edith: Wer garantiert mir …

Kalterer: Maul halten! *(Telefoniert:)* Leitstelle Gestapo Wien, Kalterer. Den Untersturmbannführer Wögerer. *(Wartet.)* Bist so eine hübsche Frau und machst solche Sachen. Wögerer? Heil Hitler, servus. Du, gib bei der Zetjota den Dringvermerk zur Beachtung: Adelheid Gold, Schiffamtsgasse zehn Zet Vau Gestapo, Kalterer. *(Hört.)* Gut. Empfehlung an die Christl. *(Legt auf.)* Also, Hübsche. Jetzt bring mir mal den Kleinen. Wie heißt er?

Edith: Peter.

Kalterer: Den Peter Israel. Und keine Dummheiten, draußen.

Dunkel.

15.

Sammellager Castellezgasse. Der jungeWilly Klang beim Eingang mit Zettel.

Der junge Willy Klang: Eine Adelheid Gold.

Portier: Ist da.

Der junge Willy Klang: Wird herausreklamiert. *(Reicht das Papier weiter.)*

Portier: Erster Stock, vierzehn. Gleich links.

Der junge Willy Klang verschwindet. Vereinzelt werden Menschen mit Koffern und Bündeln, flankiert von jüdischen Funktionären, gekennzeichnet durch Judenstern und Armbinde, hereingebracht, Schluchzen, Traurigkeit, Verbitterung, Stummheit. Schließlich erscheint der junge Willy Klang mit einer alten Frau, trägt ihren Koffer und geht mit ihr weg.

Dunkel.

16.

Zimmer acht. Leonhardt und Dunkelstein im Gespräch. Leonhardt ist stark gealtert und zittert ein wenig, Dunkelstein vital und entschlossen.

Leonhardt: Es ist zu viel, es ist zu viel. Sie wollen jetzt unter den jungen Juden sogenannte Rechercheure rekrutieren, die den Nazis helfen, zu Deportierende zum Sammellager zu bringen, ihnen die Koffer zu packen, und was das Schlimmste ist, Untergetauchte aufzuspüren.

Dunkelstein: Das muss so sein. Erinnern Sie sich, Herr Direktor, als wir uns anfangs geweigert hatten, den zu Deportierenden die Koffer packen zu helfen.

Leonhardt: *(düster)* Ich weiß, sie haben einen Trupp HJ geschickt, angeführt von SA. Es war entsetzlich.

Dunkelstein: Wir machen das besser. Und die Listen dürfen nicht willkürlich durch die SS aufgefüllt werden, weil sich ein Jud, der auf der Liste steht, versteckt. Wir kriegen zusätzlichen Terror, und es marschiert statt dem Versteckten irgendeiner, womöglich einer, den wir retten könnten.

Leonhardt: Hören Sie auf. Wir retten gornischt und niemand. Wir gehen alle, wir gehen alle zu Grunde.

Dunkelstein: Wir retten wenige, aber wir retten noch welche. Und wir schützen noch ein bissl. Sie wissen es.

Leonhardt: Ich weiß gar nichts. Sollen sie doch endlich mich abholen. Aber dann muss meine Frau auch ... ich bin gezwungen auszuharren.

Dunkelstein: Da stehen wir, wir können nicht anders. Schlimmeres verhindern.

Leonhardt: Nichts verhindern wir. *(Schweigen.)* Immer wieder höre ich, Sie reklamieren Leute von der Deportationsliste heraus, aus subjektiven Gründen, wie ich annehme. Sie verschonen die einen, und dafür lassen Sie andere deportieren.

Dunkelstein: Natürlich reklamiere ich heraus, auch in Ihrem Namen, Herr Direktor. Die mit Affidavit, vielleicht kommen sie noch raus. Ärzte, Lehrerinnen, Angestellte der Gemeinde, unentbehrlich.

Leonhardt: *(bitter)* Wie Sie und ich.

Dunkelstein: Wie wir. Alle möglichen versuchen rauszureklamieren. Ich sorge dafür, dass es gute Gründe gibt, zum Wohle der Gemeinde oder zur Wahrung einer Rettungschance. Wir müssen auch eher die Jungen noch dalassen, die Alten sind ohnedies bereits verloren. Aber Herr Direktor, niemand von uns Juden setzt einen einzigen Juden als Ersatz auf die Liste. Keiner, dafür sorge ich schon. Es muss immer die Zentralstelle sein, die den neuen Namen draufsetzt.

Leonhardt: Den neuen Namen. Den zu tötenden Menschen, den Todgeweihten. Esther Rebenwurzel war bei mir. Sie weinte ständig. Sie mischen sich in ihre Fürsorge ein, ins Kinderspital, überall hätten Sie Ihre Leute.

Dunkelstein: Ach was. Ohne zu wollen, quält sie die Alten und Kranken. Sie schenkt Menschen alle Energie, die andere brauchen könnten, welche vielleicht noch ein Leben vor sich haben.

Leonhardt: Und jetzt bestimmen Sie, wer und wer nicht. *(Bedeckt sein Gesicht.)* Keiner von uns ist Gott. Auch Sie nicht, Rabbi Dunkelstein.

Dunkelstein: G'tt sucht nicht aus. G'tt zeigt uns, wie der Teufel Besitz ergreift von seinen Geschöpfen, weil sie … ach lassen wir das, Herr Direktor. Ja, ich bestimme, muss bestimmen, denn einer bestimmt halt. Es geht ja bloß um Nichtsein oder Nichtsein. Viele jetzt, manche später, und einer, ein paar, eine Handvoll oder noch ein bisschen mehr entgehen dem Nichtsein durch unser Verzögern, Versuchen, Lavieren. So muss es sein. *(Zornig.)* Oder wir hauen alle, wie wir stehen und liegen und wies grad kommt, hinein in den Feuerkessel dort im Osten.

Und wir voran, hurra, und sind wir tot, kann keiner uns was vorwerfen. *(Leise.)* Mit den wenigen, die nicht erfasst werden von der großen braunen Egge Nichtsein, überlebt doch unser Volk.

Leonhardt: Überlebt unser Volk. Aber wozu?

Dunkelstein: G'tt weiß es.

Leonhardt: *(wendet sich zum Gehen)* Ich verteidige Sie, Doktor Dunkelstein. Ich verteidige Sie eh beim eignen Vok. Die eignen Leut wollen Sie brennen sehen.

Dunkelstein: Sollen Sie. Verzweiflung macht blöd und ungerecht. So ists halt, und das trage ich.

Leonhardt: Und Sie? Wahrscheinlich irgendwie in dieser Finsternis wohl ein Gerechter?

Dunkelstein: Ach geh. Bin blöd und ungerecht wie die meisten. Aber mit Sejchel. *(Tippt sich auf die Stirn.)* Mit Sejchel.

Leonhardt: *(lächelt das erste Mal schwach)* Blöd, aber mit Hirn. *(Schüttelt den Kopf, gibt Dunkelstein die Hand und geht ab.)*

Dunkel.

17.

Zimmer acht. Dunkelstein hinter seinem Schreibtisch mit Globus. Er schläft im Sitzen. Klopfen. Ein tritt der junge Schorschi Rosenbluth.

Schorschi: Verzeihen Sie ...

Dunkelstein: Komm rein, komm rein.

Schorschi: Sind alle in der Castellez. Haidgasse, Schiffamtsgasse. *(Geste.)* Nur ...

Dunkelstein: Was nur?

Schorschi: Der Fredi Löwy ist mir abpascht.

Dunkelstein ist aufgestanden, packt den Schorschi beim Genick.

Dunkelstein: Da nehm ich dich heraus, mach dich zum Rechercheur, weil alle sagen, du bist flink, siehst alles, hörst alles, kennst viele, bist verlässlich, und jetzt lässt du deinen Freund Löwy laufen?

Schorschi: Ist nicht mein Freund.

Dunkelstein: Was hat er dir gegeben? *(Ohrfeigt ihn.)*

Schorschi: Nichts, gornischt! *(Weint.)*

Dunkelstein: Korrupte Bande. Erzähl mir nix. Dir entkommt nicht so schnell einer. Von der Aktion hat keiner gewusst. Du hast es ihm gesteckt. *(Schlägt ihn.)*

Schorschi: Ich geb es zu, ich geb es zu. Nicht schlagen. *(Dunkelstein hält inne.)* Er ist mein bester Freund.

Dunkelstein: *(brüllt)* Ein Rechercheur hat keine Freund! Dafür überlebt er – vielleicht. Du bists nicht wert, Schorschi Rosenbluth, du bist ein Nebbich, geh mir aus den Augen.

Schorschi ab.

Dunkel.

18.

Gleiche Szene. Schorschi Rosenbluth steht vor Dunkelstein mit Koffer und Bündel.

Dunkelstein: Was soll das?

Schorschi: Ich hab doch diesen Fehler gemacht, bin bloß ein Nebbich, bin nichts wert. Da habe ich gedacht, Sie werden mich deportieren lassen, und hab schon mal gepackt. Da bin ich. Ich hab eben versagt. Und hier ist Fredi. *(Gibt ihm einen Zettel.)*

Dunkelstein liest den Zettel, geht zum Telefon.

Dunkelstein: Taborstraße achtzehn, elf. Zelig soll ihn holen. Der Transport ist hernach vollständig. *(Legt auf.)* Soso, ich lass dich deportieren. Idiot. Geh heim, pack aus. Morgen um acht bist du da.

Schorschi: Ich danke.

Dunkelstein: Und dass das nicht mehr vorkommt, sonst lassen die dich deportieren. Die!

Dunkel.

19.

Wohnung der Edith Gold. Sie und ihre Mutter beim Essen. Es läutet an der Tür. Edith öffnet, Kalterer erscheint. Edith lässt ihn herein. Als die Mutter ihn sieht, zieht sie ein Kleidungsstück mit Judenstern an. Kalterer winkt ab.

Kalterer: Lassen Sie es so. Ich bin nur so hier. Privat.

Edith: Mama, lass uns allein.

Adelheid Gold verlässt das Zimmer.

Kalterer: Wie geht es Ihnen?

Edith: Wie soll es mir schon gehen? Als Spitzel. Als erfolgloser Spitzel. Die Genossen meiden mich. Ich kann sie nicht finden. Sie glauben mir nicht?

Kalterer: *(weich)* Ich glaube Ihnen.

Sie sitzen einander gegenüber.

Edith: Was kann ich Ihnen anbieten? Ah, ich kann Ihnen eigentlich gar nichts anbieten.

Kalterer: Ich habe einen Wein mitgebracht.

Edith: Danke. *(Nach einer Pause:)* Was soll ich also tun?

Kalterer: Trinken Sie ein Glas Wein mit mir.

Edith sieht ihn an, nimmt die Weinflasche, geht hinaus. Kalterer steht auf, geht auf und ab. Vorm Spiegel fährt er sich durchs Haar. Edith kommt mit zwei Gläsern.

Kalterer: Auf gedeihliche Zusammenarbeit. Gehts Ihrer Frau Mutter gut?

Edith: Danke.

Kalterer: Für die Kommunezelle sind Sie vergiftet, ich weiß. Aber wir vermuten das Kind der Winter ohnehin nicht bei der Kommune. Bei den Jidden kennt man Sie doch kaum, oder?

Edith: Ich bin doch keine Jüdin. Ihr habt mich wieder zu einer Jüdin gemacht.

Kalterer: Sie sehen auch nicht jüdisch aus. Ihre Frau Mutter aber schon.

Edith: Was wollen Sie? Wieso sind Sie so freundlich?

Kalterer: Privat bin ich freundlich.

Edith: Sie sind doch nicht privat da?

Kalterer: Doch. Auch.

Edith: Auch?

Kalterer: Sie gehen mir nicht aus dem Kopf. *(Prostet ihr zu.)*

Edith: Das wollen Sie? *(Sie steht auf, geht raus, kommt wieder zurück, sperrt hinter sich zu.)* Bedienen Sie sich.

Kalterer: So nicht. Ich will das nicht erzwingen.

Edith: *(trinkt)* Sie wollen mich nicht zwingen? Ich soll mit Ihnen freiwillig ...

Kalterer: Ausschließlich!

Edith: Und wenn ich mich also weigere?

Kalterer: *(trinkt)* Weigern Sie sich nicht.

Edith: Sie sind verheiratet?

Kalterer: *(schaut auf seinen Ehering)* Und drei Kinder habe ich auch.

Edith: Und da wollen Sie mit einer Jüdin ...

Kalterer: Sie sind ja fast keine Jüdin.

Edith: Doch. Hundert Prozent.

Kalterer: Sie gehen mir nicht aus dem Kopf. Ich kann nicht mehr schlafen.

Edith: Lassen Sie mich in Ruhe.

Kalterer: Dann werde ich gehen. Für das Amt müssen Sie aber weiter tätig sein, sonst kann ich nicht privat zu Ihnen sein.

Edith: Ja.

Kalterer: Edith, entschuldigen Sie mein Verhalten im Amt. Jetzt habe ich völlig den Kopf verloren. Das heißt, Sie gehen mir nicht aus dem Kopf, und verloren habe ich ihn auch. Auf Wiedersehen.

Edith: Auf Wiedersehen.
Sie öffnet ihm die Wohnungstür. Er zieht sie an sich, drückt die Tür zu. Sie wehrt sich einen Moment, dann erwidert sie den Kuss. Er löst sich, öffnet die Tür und geht wie flüchtend.
Kalterer: Auf Wiederschaun, Edith. *(Ab.)*
Edith: *(heftig atmend)* Verdammt. Ach, verdammt.
Sie sperrt die Zimmertür wieder auf. Setzt sich, trinkt. Dunkel.

20.

Zentralstelle. Kisten zum Abtransport stehen bereit. Dazwischen Linde. Später Leonhardt und Dunkelstein.
Linde: Servus, Wien, servus, servus, tschüss.
Legt noch einige Aktenstücke in einen Koffer, redet dabei mit sich selbst.
Jetzt ist es ja doch der lange Kaltenbrunner geworden, aber allein dass ich im Gespräch war, dem Heydrich nachzufolgen, das ist ja nicht ohne. Tja – Wien, Wien, nicht nur du allein, biste endlich judenrein. Nun ja, die Mischlinge sind ja noch da, und die Versippten. Die tun wir später der Endlösung zuführen. *(Pause.)* Und nun zu neuen Taten. Ich hab ja noch nen Koffer in Berlin. Jetzt gehts ohne Umschweif in die Reichshauptstadt, und hernach, mal sehen, was wir im neuen Osten noch an frischen Maßnahmen bewerkstelligen mögen. Bin beim Führer zu Tisch, jawoll, bei meinem Führer. *(Es klopft.)* Ja, ja, herein, Libellchen.
Die Sekretärin kommt herein.
Wartet er schon draußen? *(Sekretärin nickt.)* Soll noch etwas warten. *(Sekretärin nickt und ab.)* Ist mir etwas unangenehm, was ich dem Reb Dunkelstein nun eröffnen werde. Aber, Wien ist nunmal ohne zu Deportierende, weil wir sie ja ohne Umschweif bereits deportiert haben.

Für die Versippten und die Mischlinge reicht doch der tattrige Leonhardt. *(Brüllt:)* Eintreten!

Leonhardt und Dunkelstein treten ein. Linde setzt sich auf eine Kiste, lässt die beiden aber vor sich stehen. Sie ziehen die Hüte und halten sie an der Hosennaht.

Hüte auf, Hüte auf. Tach die Herren. *(Die beiden neigen leicht ihre Köpfe.)* Leonhardt, ich lege die Restangelegenheiten der Gemeinde in Ihre Hände, verabschiede mich. Sturmbannführer Brauner wird Sie künftig anleiten, Sie kennen ihn ja. Dunkelstein, Sie brauche ich noch – woanders.

Dunkelstein: *(leichthin)* Deportation, Obersturmbannführer?

Linde: *(lächelnd)* Was für ein Wort, Reb Dunkelstein! Moses Rubin hat in der Stadt der Juden, in unserem schönen Theresienstadt, eine dicke Lippe riskiert als Judenhäuptling dort. Er ist wem auf die Zehe gestiegen, dann hat er das Zeitliche gesegnet.

Leonhardt: *(bitter)* Er wurde in der Kleinen Festung erschossen.

Linde: So in etwa. Doch Theresienstadt ist doch ein Musterlager, es liegt dem Führer sehr am Herzen. Wir benötigen einen Musterjudenältesten dort, und zwar ohne Umschweif. Reb Dunkelstein, wir haben – git – zusammengearbeitet. Wien ohne Juden nahezu, ein Traum ging in Erfüllung. Warum soll ich mich nicht bedanken? Jawoll, ich bedanke mich vor allem bei Ihnen, Dunkelstein. Ich bin nicht undankbar, noch keiner hat mir nachgesagt, ich sei nicht dankbar. Daher belohne ich Sie mit dem neuen Posten. Reb Dunkelstein, Judenältester von Theresienstadt. Bedanken Sie sich nicht, reisen Sie ab!

Dunkelstein: Jawoll, Obersturmbannführer. Wann?

Linde: Sie sind praktisch schon dort. Abtreten. Sie bleiben noch, Herr Leonhardt.

Dunkelstein ab.

Sturmbannführer Brauner hat Ihr ewig verdrießliches Gesicht nicht ganz so gern, ich sag es Ihnen im Vertrauen. Wenn Sie hier die Angelegenheiten weiter regeln wollen in unserem Sinn, dann lächeln Sie gelegentlich, das rate ich Ihnen. *(Pause.)* Auch ich trete einen neuen Posten an. Bin morgen in Berlin zu Tisch mit dem Führer. Doch ich behalte mein liebes Wien im Aug und auch Sie, Herr Doktor Leonhardt. Ein Lächeln hie und da, und alles geht gleich ne Spur effizienter, oder? Lächeln Sie schon!

Leonhardt verzieht das Gesicht.

Na also. Und raus!

Dunkel.

21.

Filmset. Haus des Judenrats in Theresienstadt. In Bankreihen sitzen Komparsen, links und rechts stehen Komparsen, darunter Willy Klang, junger Häftling, Raffi, Filmcrew, der Aufnahmeleiter, Maske, Kamera, der Schauspieler, der den Dunkelstein spielt. Vor den Bankreihen ein Podium.

Aufnahmeleiter: Herr Krauß *(steht für den jeweiligen Darsteller des Dunkelstein)*, fertig machen!

Werner Krauss: Bin fertig. Machen Sie schon!

Die üblichen Startkommandos, Krauß schreitet als Dunkelstein zum Rednerpult.

Dunkelstein: Ich bin Saul Dunkelstein. Ich trete dieses Amt an und vor euch hin: Dieses Lager muss funktionieren. Keine Schlamperei in der Verwaltung dulde ich. Ich ahnde sie. Ich bin nicht freundlich. Ich bin nicht mild. Ich bin der Judenälteste Dunkelstein. Kampf gegen Korruption, ich ahnde sie. Kampf gegen die Läuse, gegen den Typhus. Strickte Reinlichkeit, strackse Disziplin. Wer seine Pflicht erfüllt, der kann hier überleben.

Murren der Zuhörer.

Murrt nicht, Juden. Macht, was ich sag!

Stimme: Cut!

Raffi: *(zu Willy Klang)* Das ist Saul Dunkelstein?

Willy Klang: Ah geh. Das ist nicht Dunkelstein. Das ist Hollywood.

Dunkel.

22.

Absteige Wien, Schleifmühlgasse. Kalterer und Edith im Bett.

Kalterer: Es ist so schön mit dir.

Edith: Dass du etwas schön findest bei deinem Leben.

Kalterer: Du glaubst doch nicht, ich mach das gern. Ich bin halt ein Kieberer. Das Regime hab ich nicht ausgesucht.

Edith: Ja, aber musst du die Menschen schnalzen, bis Blut kommt?

Kalterer: Unter dem Regime können wir eben mehr herauskriegen. Aber ich bin ja als mild verschrien bei den Kollegen. Christ, sagen die über mich, wenn ich grad woanders bin.

Edith: *(streicht ihm übers Haar)* Christ. So hab ich mir Christen vorgestellt. Im Mittelalter.

Kalterer: *(lacht gutmütig)* Oh mein Kommuneschätzchen wird frech. Liebst du mich?

Edith: I wo.

Kalterer: Warum bist du dann hier? Ich zwing dich doch nicht. Dein Mütterlein ist ungeschoren, auch wenn du dich mir jetzt entziehst. Glaubst du mir das?

Edith: Ich glaub dir. *(Pause.)* Stalingrad ist verloren.

Kalterer: Das hat damit nichts zu tun. Außerdem haben wir noch einiges im Köcher.

Edith: Bist ein guter Nazi.

Kalterer: Ich bin ein sehr guter Kriminalbeamter. Ohne das Regime wär ich schon höher.

Edith: Was hindert dich hier?

Kalterer: Ich bin zu weich. Merkst du das nicht?

Edith: Und warum muss ich jetzt für dich das Kind von Gisela finden?

Kalterer: Küss mich, dann sage ich dir was.

Edith: *(küsst ihn stärker, als sie will)* Sag schon.

Kalterer steht auf, zieht sich an.

Kalterer: Mit welcher Begründung, glaubst du, kann ich dich da frei herumrennen lassen. Aumann will das Kind unbedingt. Deine Freundin Gisela will einfach nicht reden. Wir wissen aber, dass außer dem Toply noch wenigstens ein Südnetz existiert. Mit gar nicht schlechten Kontakten, womöglich auch zur Gestapo Berlin und ... Wien. Die arbeiten bereits an ihren Persilscheinen. Du kannst dir vorstellen, wie heiß Aumann ist. Ich hab ihm gesagt, du bist inzwischen gut eingeschmiegt in der Kultusgemeinde.

Edith: Bin ich doch gar nicht!

Kalterer: Eine gewisse Esther Rebenwurzel sei inzwischen deine gute Freundin.

Edith: Die weicht mir nur aus. Bald bin ich auch bei der Gemeinde vergiftet.

Kalterer: Du bist ihre beste Freundin! Du bist ganz nah am kleinen Peter. Verstehst du?

Edith: Aha. *(Pause.)* Warum tust du das?

Kalterer: Du gehst mir nicht mehr aus dem Kopf. Nach dem Krieg möchte ich ... *(Schweigt.)*

Edith: Was willst du, Karl?

Kalterer: Ich muss gehen. Du liebst mich eben nicht.

Edith: Das kannst du nicht von mir verlangen.

Kalterer: Wie kannst du bloß mit mir schlafen ohne Liebe und ohne Zwang? Heil Hitler. *(Ab.)*

Edith: *(leise)* Kann ichs denn? *(Zieht sich die Decke über den Kopf.)*

Dunkel.

23.

Gestapo Morzinplatz. Zimmer Aumann. Kalterer vor ihm.

AUMANN: Das ist Rassenschande, Kalterer.

KALTERER: Wer verleumdet mich? Das ist doch absurd!

AUMANN: Haben Sie kein Verhältnis mit dem Judenhürchen?

KALTERER: Wer behauptet das?

Langes Schweigen.

AUMANN: Ich möchte den Bankert binnen einer Woche serviert haben.

KALTERER: Ich bin nah dran.

AUMANN: Sehr gut, Kalterer. Bravourös. Nach einer Woche kann ich dir für nichts garantieren.

Dunkel.

24.

Set Theresienstadt. Ein Transport soll ankommen. Die Komparsen erwarten ihn: Willy Klang, der junge Häftling, Raffi, Aufnahmeleiter. Sie sitzen am Boden und warten auf den Dreh wie üblich.

WILLY KLANG: Plötzlich war der Teufel los. Sie waren herinnen in der Malzgasse. Kalterer ging schnurstracks ins Typhuszimmer und riss den kleinen Peter aus dem Bett. Esther war außer sich. Sie schrie: Die Gold, dieses Schwein. Die Gold. Ich dachte schon, sie nehmen sie auch mit, aber Kalterer ging sofort mit dem Säugling im Arm.

RAFFI: Und dann haben sie mit dem die Gisela Winter zum Reden gebracht?

WILLY KLANG: Hätten sie wohl. Aber die Winter ist an den Folgen der Verhöre gestorben. Also haben sie die Gold erschossen, das Kind in die Mohaplgasse bringen lassen, und es ist im März 1945 mit anderen Säuglingen nach Theresienstadt geschickt worden.

Raffi: Hierher?

Willy Klang: Gewissermaßen.

Aufnahmeleiter: *(kommt)* Fertig zum Dreh?

Willy Klang: Ja, ja, Herbertl. Mit allem fertig.

Dunkel.

25.

Gleiche Szene. Dreh. Der Waggon wird geöffnet. Zerlumpte Leute, aber in Zivil, steigen aus. Zwei Krankenschwestern, jede mit zwei Säuglingen im Arm.

SS-Wache: *(zum eben erschienenen Dunkelstein)* Weitermachen! Geht ab.

Dunkelstein: Die Säuglinge in die Quarantäne. Was ist?

Eine Krankenschwester steckt ihm einen Zettel zu. Dunkelstein retiriert.

Dunkelstein: *(zu sich)* Der Schwarzhaarige soll der Neffe vom Winter sein? Ich soll ihn retten? Ach, Esther, und wie? *(Geht zurück zum Tisch.)* Halt. Die sind ja ganz heiß. Die zwei kommen mir nicht in die Quarantäne. Die versauen mir mein ganzes Hygieneprogramm. Zurück nach Wien mit den beiden. *(Zur Krankenschwester:)* Geben Sie den in der Malzgasse ab. Esther Rebenwurzel.

SS-Wache: *(kommt)* Was ist da los? Judenältester?

Dunkelstein: Zwei Flecktyphusfälle. Säuglinge. Ich will die nicht herinnen haben!

SS-Wache: *(zieht den Revolver)* Na gut. Kurzer Prozess.

Dunkelstein: Wozu sich noch dreckig machen? Der Zug geht in einer halben Stunde nach Wien zurück. Ist doch deren Problem.

SS-Wache: Meinetwegen. *(Ab.)*

Aufnahmeleiter: Cut.

Raffi: Schon wieder typisch Hollywood.

Willy Klang: Nein, mein Lieber. Diese Sache stimmt ausnahmsweise. Er hat dem kleinen Peter Winter tatsächlich das Leben gerettet. Der Peter lebt heute in Wien.

Raffi: Ein Wunder.

Junger Häftling: Siehst du. Ganz ohne Kugel. *(Zu Willy Klang:)* Tja, dieser Peter Winter. Das bin halt ich.

Willy Klang: *(nach einer Pause)* Aha. Deshalb spielst du da mit.

Dunkel.

26.

Befreiungsdreh Theresienstadt. Etliche Komparsen liegen als Tote auf dem Boden. Einige schleifen sich nach hinten, einige sitzen, als Rotarmisten von hinten kommen. Ebenfalls im Freien ein Schreibtisch, hinter ihm sitzt Dunkelstein mit Schleife Judenältester und Stern und erwartet die Rotarmisten. Die pflanzen sich vor ihm auf. Dann schauen die Rotarmisten auf einen von ihnen. Der tritt vor, reißt dem Dunkelstein die Schleife vom Arm und die Kappe vom Kopf.

Rotarmist: Un far wus epes sait ir arois a lebediker?

Lautsprecher: Und wieso haben Sie überlebt?

Dunkelstein: Un far wus ir?

Lautsprecher: Und wieso Sie?

Willy Klang, der als Toter neben Raffi und dem jungen Häftling liegt, steht auf, putzt sich ab.

Willy Klang: Tja. Warum?

Ende

Glossar

abpaschen: abhauen
Affidavit: beglaubigte Bürgschaftserklärung
Alija: Einwanderung nach Palästina/Israel
Asisponem: unverschämter Kerl
Ausgesteuerte: Arbeitslose ohne jegliche staatliche Unterstützung
Bar Mitzwa: religiöse Mündigkeit für Knaben
Chochme: Klugheit
Dachau: Konzentrationslager der SS bei München
Ebensee: Außenlager von Mauthausen
feiner Pinkel: vornehm tuender Mensch, Snob
Friedmann: Desider Friedmann (1880–1944), Präsident der IKG 1932–1938
Ganef: Gauner
gemma (wienerisch): gehen wir
Gfrieß (wienerisch): Fresse
goisch: nichtjüdisch
hab dach in der Erd: lass dich begraben
Hachschara: Vorbereitung für die Besiedelung Palästinas (1930er Jahre)
hargel(e)n: morden
Herr von Rath: Ernst Eduard von Rath (1909–1938), von Herschel Grynszpan am 7.11.1938 aus Verzweiflung über die Behandlung seiner Eltern durch die Nazis niedergeschossen
Itzig: Schimpfwort für Jude
Joint: American Jewish Joint Distribution Committee, US-amerikanische Hilfsorganisation für jüdische Menschen
Kieberer: Kriminalbeamter
ki(u)sch mir den Tu(o)ches: küss mir den Hintern
KL-Häftling: KZ-Häftling
zum Krenreiben: vergebliche Müh, überflüssig

Kruckenkreuz: Symbol des österreichischen Ständestaates (1934–1938)
Ksiberl: Kassiber
Lisl: Polizeigefängnis in Wien
mach mir a Tojwe: tu mir die Liebe, mach mir einen Gefallen
Makkabäer: jüdischer Freiheitskämpfer gegen die Seleukiden
Malzgasse: Standort einer Abteilung des jüdischen Kinderspitals
Marmeladinger (wienerisch): Deutscher
Mäu (wienerisch): Maul
Mazzes: ungesäuertes Brot
meschugge: verrückt
Mistelbacher: Polizisten aus der Provinz
Mohaplgasse (heute Tempelgasse): 1944/1945 Standort des jüdischen Kinderspitals
Moire: Furcht
Morzinplatz: Standort des Hauses der Gestapo in Wien
Mosestransport: Auswanderungstransport für Kinder nach England 1938–1939
Naganes: Gewehre
Nebbich, ein: ein Niemand, eine Null
Parascha: Leseabschnitt in der Thora
Parnusse: Einkommen, Business
Pejes: Schläfenlocken
Pfitschipfeil: kleiner Pfeil, Kinderspielzeug
Pimpf: Hitlerjunge
Pofel: Gesindel
Ponem: Gesicht
Pratzen: große derbe Hände
Rachmones: Barmherzigkeit, Mitgefühl, Mitleid
Scha: Pscht
Schabbat Schalom: friedlicher Sabbat
Schiwe sitzen: trauern

Schuschnigg: Kurt Schuschnigg (1897–1977), Kanzler im österreichischen Ständestaat
Sejchel: Verstand, Hirn
Semaphor (bildlich): mechanisches Eisenbahnsignal
Steinhof: psychiatrisches Krankenhaus in Wien
Stricker: Robert Stricker (1879–1944), jüdischer Politiker und Journalist
Tacheles reden: die Meinung frei heraus sagen
Tallit: Gebetsmantel
Tate: Vater
Tembel: dummer Kerl

Doron Rabinovici

Ein Stück über die Vernichtung, ein Stück für die Ohnmächtigen und ein Stück vom Überleben

Wie werden Verfolgte zu Agenten der eigenen Vernichtung? Was, wenn die einzige Chance, Menschen zu retten, darin liegt, mit deren Mördern zusammenzuarbeiten? Kann es gute Gründe geben, mit den Nazis zu kooperieren? Anders gefragt: Wenn der Feind nicht die Unterwerfung will, sondern den Tod, die Auslöschung aller, ist dann nicht jede Handlung, die sein Ziel durchkreuzt und das Überleben so vieler wie möglich anstrebt, ist dann nicht mitunter auch die Unterwerfung eine Form von Widerstand? Die Situation, von der hier die Rede ist, könnte nicht dramatischer sein, aber lässt sie sich überhaupt beschreiben, darstellen und aufführen? Robert Schindel beweist, wie eindringlich dies gelingen kann. Er bringt das Dilemma der Judenräte zur Zeit nationalsozialistischer Vernichtung auf die Bühne. Er zeigt uns, in welche Not jene gerieten, die angesichts des Massenmordes als Repräsentanten der Opfer herhalten mussten.

Schindel entwarf ein Stück von der totalen Ohnmacht unter den Verhältnissen totalitärer Macht. Das Theater verwandelt sich zum Set. Ein Film über die Shoah wird gedreht. Holocaust in Hollywood. Das Publikum im Zuschauerraum schaut hinter die Kulissen der Kinoindustrie. Eine Gruppe jüdischer Komparsen stellt KZler in Theresienstadt dar. Sie geraten in Streit. Sie diskutieren über den einstigen Judenrat, und dieser Disput bildet den Rahmen zur eigentlichen Geschichte, zur zweiten Ebene der Handlung: Der Rabbiner Saul Dunkelstein wird im nazistischen Wien zum Leiter der Auswanderungsbehörde in der jüdischen Gemeinde. Nach Kriegsausbruch sieht er sich gar gezwungen, bei der

Deportation in die Ghettos und die Lager im Osten mitzuwirken, ehe er zum Judenältesten von Theresienstadt wird.

Schindel verfasste einen literarischen Text, aber die Figur des Saul Dunkelstein erinnert nicht zufällig an eine reale historische Person, gemahnt an Benjamin Murmelstein, an jenen Wiener Rabbiner, der zum jüdischen Gemeindefunktionär im nazistischen Wien und zum letzten Judenältesten in Theresienstadt werden musste. Dunkelstein ist an Murmelstein angelehnt, ohne aber je mit ihm deckungsgleich zu sein. Schindel spitzt zu, um die Fragen noch schärfer stellen zu können. Er stattet Dunkelstein mit einem Wissen über die Vernichtung aus, von der Murmelstein noch nichts ahnen konnte, ja, mit einer Gewissheit, über die wir nur im Nachhinein verfügen, aber eben durch diesen Kunstgriff beweist der Autor, was keine Forschung bekunden könnte: Selbst aus der gesicherten Position der Nachgeborenen eröffnet sich keine Handlungsalternative. Vielmehr wird aus Dunkelstein, aus dem jüdischen Administrator, der anfangs des Verrats und der Kollaboration beschuldigt wird, der eigentliche Held des Dramas, zumindest jedoch eine wahrhaft tragische Gestalt jüdischen Leids.

Die Angriffe gegen Benjamin Murmelstein waren besonders heftig, aber nicht einzigartig. Die Judenräte waren nach 1945 zum Schandfleck schlechthin geworden. Mehr noch: In gewisser Weise hatte sich das Verdikt der Nationalsozialisten, allenfalls ein toter Jude könne ein guter Jude sein, durchgesetzt. Zuweilen schien es, als wären alle Opfer, die überlebt hatten, verdächtig.

In der deutschen Sowjetzone wurden etwa ehemalige Kommunisten und Sozialdemokraten, die das NS-System – zuweilen im Konzentrationslager – überlebt hatten, nach 1945 neuerlich interniert, weil misstrauisch machte, dass sie nicht ermordet worden waren. In Frankreich wurden Kollaborateure oft schwerer bestraft als deutsche Täter in der französischen Besatzungszone. Die von den Nazis zur

Mitarbeit gezwungenen Juden wurden nicht selten härter verurteilt als Täter. Ihnen gereichte etwa zum Nachteil, dass sie sich nicht auf Befehlsnotstand berufen konnten. In Wien war Wilhelm Reisz von der SS gezwungen worden, mit einem SS-Mann jene Verfolgten abzuholen, die deportiert werden sollten. Reisz wurde 1945 zu fünfzehn Jahren Gefängnis, einschließlich eines Vierteljahres schweren Kerkers verurteilt. Fünfzehn Jahre für einen Juden, der eben dem Massenmord entgangen war. Er erhängte sich nach der Verkündung des Richtspruchs. Nur zum Vergleich: Dem Sachbearbeiter für jüdische Angelegenheiten der Gestapo in Wien, Johann Rixinger, dem „Judenreferenten", der während der Deportationen mit hoher Entscheidungsgewalt ausgestattet und am verwalteten Massenmord beteiligt gewesen war, wurden im Urteil zehn Jahre Haft zugedacht. Und bloß keine Angst und kein falsches Mitleid: Er musste davon bloß sechseinhalb Jahre absitzen.

Der Täter als Verbrecher ist eine Selbstverständlichkeit, ein Pleonasmus. Dem Opfer wird hingegen vorgeworfen, mit den totalitären Verbrechern in Tatzusammenhang geraten zu sein. Die Verantwortung für dieses Nahverhältnis wird nicht dem Täter, sondern dem Opfer angelastet, als wäre es an dieser tödlichen Konstellation vorrangig interessiert gewesen.

Nach der Befreiung aus den Vernichtungslagern wurden die jüdischen Funktionäre zu Repräsentanten der Überlebensschuld, von der die aus den Lagern Erretteten überwältigt wurden. Die Strategie der Kooperation widersprach dem antifaschistischen Idealbild im Kalten Krieg, aber auch dem israelisch zionistischen Selbstverständnis im Pionierstaat. Jüdische „Selbstverwaltung" bis zur Selbstauslieferung – oder Widerstand der Aussichtslosigkeit zum Trotz: Nach 1945 wurde diese Alternative unter Historikern heftig diskutiert, doch mittlerweile ist anerkannt, dass in Wahrheit keine klare Grenzlinie ausgemacht werden kann. Jüdische Partisanengruppen vermochten nicht, Kinder und Greise aufzunehmen. Viele Judenräte unterstützten wiederum geistige und kulturelle Widerstandsformen, förderten illegale jüdische Schulen, Jugendorganisationen, die nicht selten eine Keimzelle zum später bewaffneten Kampf darstellten.

Angesichts der Verfolgung, abgetrennt vom Rest der Bevölkerung und gettoisiert, ohne Hilfe von außen, blieb der gesamten jüdischen Administration nichts als die Interaktion mit dem Feind. Nur in Verhandlung mit den Nazis ließ sich etwa in Deutschland und Österreich bis 1941 die Flucht und Vertreibung organisieren. Daran änderte sich auch nach Beginn der Deportationen nichts. Wer aber fragt, weshalb etwa 1938 in Wien kein bewaffneter jüdischer Widerstand organisiert wurde, ahnt nicht, wovon er spricht. Die Vorstellung, die jüdische Minderheit hätte inmitten der deutschen und österreichischen Gesellschaft als souveräne Einheit agieren und gegen sie vorgehen können, entspricht dem Klischee, das Judentum wäre ein homogener Block gewesen, eine Verschwörungszentrale, abgesondert und hierarchisch strukturiert. Zudem wird den Opfern zuweilen gerne die Schuld an dem Verbrechen zur Last gelegt. In der antisemitischen Phantasie wäre es zu schön, wenn die Juden an ihrer eigenen Vernichtung schuld wären.

Die historischen Fakten beweisen, wie abstrus solche Mythen sind. Am 13. Oktober 1940 etwa wurde Josef Löwenherz, dem Leiter der Wiener Kultusgemeinde, von der Gestapo mitgeteilt, dass eine eigene Lebensmittelkartei für die 60.000 Juden, unter ihnen auch die sogenannten „Nichtglaubensjuden", eingerichtet werden sollte. Die Kultusgemeinde hatte 30 Personen zur Verfügung zu stellen, um diese zentrale Kartei einzurichten. Ab dem 1. November 1940 wurden die Lebensmittelkarten aller antisemitisch Verfolgten mit dem Aufdruck „Jude" versehen.

Wer essen wollte, ob Kind oder Greis, musste hier gemeldet sein. Die jüdische Administration wurde erfolgreich getäuscht. Jene Kartenstelle, die vorgeblich errichtet worden war, um die Verpflegung und Ernährung der Juden zentral zu gewährleisten, diente ihrer Erfassung, ihrer Ausbeutung, ihrer Deportation und ihrer Ermordung, der Maschinerie der Vernichtung.

Ob in Wien, Theresienstadt oder Lodz: Die Kooperation begann – bei allen Unterschieden zu später – bereits in dem Moment, als die nazistischen Behörden als einzig möglicher Brotgeber anerkannt werden mussten. Die jüdischen Funktionäre haben nicht „bloß" ihr eigenes Überleben und das ihrer Familie sichern wollen und nur aus eigenem, egoistischem Interesse mit den Nazis verhandelt, da im Gegenteil durchaus Gedanken sozialer Verantwortung der Politik der Kompromisse zugrunde lagen. Nicht der Wunsch, selbst zu überleben, war für die jüdische Administration entscheidend, sondern die anfängliche Hoffnung im Handel mit der SS, Juden und Jüdinnen zu retten. Zunächst setzte die Gemeindeleitung auf die Auswanderung, und später ging es ihr darum, die Existenz zu sichern, dann die totale Vernichtung aufzuhalten; und am Ende nur noch darum, die Qualen lindern zu helfen.

Die jüdischen Opfer wurden in doppelter Hinsicht getäuscht. Sie befolgten die nationalsozialistischen Maßnahmen, welche der „Judenrat" verkündete, und richteten ihre Empörung sodann gegen die eigene Vertretung. Nicht die SS oder Gestapo, die jüdischen Funktionäre sollten die nationalsozialistischen Erlasse veröffentlichen. So wurde das Vertrauen der Opfer in die eigene Leitung missbraucht und gebrochen, um jegliches Aufbegehren gegen die Verbrechen zu verhindern. Die nationalsozialistische Taktik, die Täuschung, war aufgegangen und wirkte nach dem Sieg über das Deutsche Reich weiter.

Nicht weil die „Judenräte" die jüdische Gemeinschaft verrieten, sondern weil sie Teil der Opfer waren und in ihrem Interesse zu handeln versuchten, waren die jüdischen Funktionäre verurteilt, sich in die Handlungsvorgaben der Machthaber hineinzuversetzen. Im Sinne der Juden hatten sie wie Nazis zu denken. Sie mussten darauf zählen, dass das nationalsozialistische Reich auf den ökonomischen Nutzen der jüdischen Zwangsarbeit nicht verzichten wollte. Sie hüteten streng die Ordnung der Feinde, weil sie hofften, diese würden sich im Gegenzug ebenfalls an das von ihnen erlassene System, an ihr Gesetz „Arbeit oder Leben" halten. Sie gingen auf die Lügen und Versprechungen der Nazis ein, denn dies war, wie man es drehte und wendete, die einzige Chance, die überhaupt noch verblieb, einen Teil der Menschen zu retten.

Die jüdischen Funktionäre nahmen durchaus wahr, dass ihre Hoffnungen täglich enttäuscht wurden, doch hatten sie keine andere Wahl, als wieder der Hoffnung nachzugehen, rationale, ökonomische, strategische Sachzwänge würden über die Vernichtungswünsche der Mörder triumphieren. Die jüdische Verwaltung versuchte, Zeit zu gewinnen; sie wollte wenige opfern, um viele zu retten. Aber jede Entscheidung für das Leben war eine für den Tod, und um das Getto zu bewahren, gaben sie es letztlich der Vernichtung preis.

Wer die Politik der jüdischen Gemeinden während der nationalsozialistischen Verfolgung kritisch beleuchtet, muss die Grenzen ihrer Handlungsfähigkeit anerkennen. Auch im Nachhinein tut sich keine Alternative auf. Die jüdische Administration unter nationalsozialistischer Kontrolle verfügte über keine eigenständige Macht. Sie war nichts als ein administrativer Apparat. Sie war keine nationalsozialistische Institution, kein bloßer Befehlsempfänger der Täter. Die jüdischen Funktionäre setzten sich für die Juden ein und glaubten, der jüdischen Gemeinschaft zu dienen. Sie mussten belogen werden, weil sie eben keine nationalsozialistischen Befehlsempfänger waren, und sie konnten nur allzu leicht belogen werden, weil sie ohnmächtig waren und zu den Opfern gehörten.

Aus der Perspektive der „Judenräte" ist deshalb zu erkennen, wie sich der nationalsozialistische Massenmord der Ratio entzieht. Aus dem Blickwinkel der Täter mögen die persönlichen und sozialen Interessen und Motive, die zum Verbrechen führten, nachzuvollziehen sein. Aber wie lässt sich aus Sicht der Juden erklären, dass zuletzt das Primat der Vernichtung über jede Vernunft obsiegte? Wieso, lässt sich etwa mit dem Historiker Saul Friedländer fragen, war es dem Dritten Reich wichtig, im Moment der Niederlage etwa noch die letzten über 70.000 im Getto Lodz verbliebenen Juden zu morden? Die Opfer wussten nicht, wie ihnen geschah. Die jüdischen Administratoren konnten nicht begreifen, weshalb nicht das Leben und nicht einmal die Arbeitskraft noch etwas zählten.

Wer das Vorgehen des jüdischen Funktionärs Benjamin Murmelstein in Wien und Theresienstadt untersucht, kann aber erkennen, dass sich seine Strategie nicht grundlegend von der Methode anderer jüdischer Administratoren unterschied. Wie alle Mitglieder des Judenrates folgte er dem Konzept der Kooperation. Murmelstein ging jedoch seine Aufgabe mit einer Kühle an, die andere jüdische Beamte nicht an den Tag legten. Intellektuell hatte Murmelstein akzeptiert, dass mit den Nationalsozialisten zusammengearbeitet werden musste.

Von 1938 an wirkte er daran mit, dass bis zum November 1941 etwa 128.000 Juden aus dem nazistischen Österreich flüchten konnten. Ab dem Frühjahr 1941 aber wurde die Kultusgemeinde, und mit ihr der Amtsleiter Murmelstein, dann auch zu Hilfsdiensten bei den Deportationen, bei den Verschleppungen in die Vernichtungslager, eingespannt. Anfang 1943 wurde er nach Theresienstadt deportiert. Er sollte dort zum zweiten Stellvertreter des „Judenältesten“ werden. Im September 1944 übernahm Murmelstein die Leitung von Theresienstadt.

Bald nach der Befreiung wurde Murmelstein festgenommen. Seine Untersuchungshaft dauerte 18 Monate. Am 6. Dezember 1946 zog der Staatsanwalt beim Volksgericht in Leitmeritz die Anklage wieder zurück. Das Volksgericht Leitmeritz kann gewiss nicht als milde gegenüber den Tätern betrachtet werden. War Murmelstein nun rehabilitiert? In juristischer Hinsicht wohl. Murmelstein war kein Kollaborateur. Er kooperierte mit den Nazis, weil er glaubte, bloß auf diese Art Juden retten zu können. Die Kooperation mit den Mördern diente der Resistenz gegen den Mord. Dennoch wurde er zum Objekt überzogener Anschuldigungen und ungerechter Vorwürfe.

In seinem Theaterstück konfrontiert Schindel die Überlebensstrategie des Judenrates mit dem Widerstand von jüdischen Kommunisten. Wir sehen das Scheitern der politischen Antifaschisten. Eine Frau im Untergrund wird verhaftet und ihr Neugeborenes kommt nach Theresienstadt. Hier scheint es schon verloren, da wird es von niemand anderem als Saul Dunkelstein beschützt.

Robert Schindel war ein solcher Säugling, der, kaum geboren, bereits zum Tode verurteilt war. Seine Eltern, österreichische Kommunisten jüdischer Herkunft, wurden im Sommer 1943 als so genannte Fremdarbeiter aus dem Elsass nach Österreich eingeschleust. In Linz sollten sie eine Widerstandsgruppe aufbauen. Am 4. 4. 1944 wurde Gerti Schindel in Bad Hall von einem Sohn entbunden.

Der Vater, René Hajek, wurde im März 1945 in Dachau ermordet. Gerti Schindel sollte von Auschwitz nach Ravensbrück geraten. Das Kind, Robert Schindel, jedoch konnte von Mitarbeiterinnen der jüdischen Selbstverwaltung durchgebracht und gerettet werden.

So schrieb Schindel auch ein ganz persönliches Stück vom Überleben, wobei er indes die Vernichtung nicht ausblendet. Mit seinem Drama lotet er vielmehr die Monstrosität des Verbrechens aus. Er weist nach, warum die jüdische Gemeinde zur Instanz der Ohnmacht wurde. Er lässt dem Judenrat Gerechtigkeit widerfahren, ergreift für die jüdische Administration Partei, ohne ihre Verstrickung zu beschönigen. Im Gegenteil. Er deckt das Dilemma auf, in das seine Figur Dunkelstein angesichts des systematischen Massenmords gerät, und so schärft er unsere Einsicht für die Aussichtslosigkeit der Opfer.